Mohn an meinen Wegen

Ich wollte alles so gerne festhalten...!

Roman von

Inga Anderson

Impressum

© 2019 Inga Anderson

Verlag und Druck: tredition GmbH, Halenreie 40-44, Hamburg

ISBN
Paperback   978-3-7497-0458-3
Hardcover   978-3-7497-045905
e-Book   978-3-7497-0460-6

www.tredition.de

Einem Kind,
das die Dunkelheit fürchtet,
verzeiht man gern,
tragisch wird es erst,
wenn Männer das Licht
fürchten!

Platon

Mohn an meinen Wegen...

Ich wollte alles so gerne festhalten...

Liebe Leserinnen und Leser, entspannen Sie sich und lassen Sie die wunderschöne vielfältige Landschaft der Insel Kreta vor Ihrem geistigen Auge vorüberziehen. Dieses kleine Paradies mit den feinsandigen Stränden, den Palmen, den kulturellen Schönheiten, bis hin zu den Weißen Bergen und den kulinarischen Genüssen der griechischen Küche.

In diesen „Garten Eden" bettet Inga Anderson die Handlungen des Romans „Mohn an meinen Wegen". Gefühlvoll schildert sie ihre Erinnerungen an die Aufenthalte auf Kreta und erzählt von einer großen, nicht alltäglichen Liebe, die sie dort fand. Aber auch von dem Schmerz, als sie von diesem Mann Abschied nehmen muss. Sie veranschaulicht ergreifend das selten gewordene Glück, in dieser Trauer und Aussichtslosigkeit von Freuden aufgefangen und getragen zu werden und lässt uns ermessen, was Einsamkeit bedeutet.

Die Autorin beschreibt ihre Romanfiguren so hinreißend, dass der Leser sich genau vorstellen kann, wie sie aussehen, fühlen, ja dass sie sogar unter uns weilen. Die guten Freunde, besonders der quirlige Angelo, Lars und auch Jassy, sowie der Mann ihrer Liebe Geórgios, stehen durch Ingas bildhafte Erzählungen mit dem Leser im Dialog. Durch die anschaulichen Schilderungen der jeweiligen Figuren sind sie nicht leblos auf das Papier des Buches gebannt, nein, sie präsentieren sich real und lebendig. Und wenn man genau hinhört, so vernimmt man die sonore Stimme von Angelo, wie er lacht und weint. Er scheint der Liebling von Inga zu sein, denn ihm widmet sie eine breite Plattform. Da er äußerst temperamentvoll durch diesen Roman wirbelt, wird er mittels seiner „deftigen" Weltanschauungen gewiss zum Liebling der Leserinnen und Leser werden.

Mit der Reise durch diesen Roman, lässt Frau Anderson uns teilhaben an dem tiefgründigen Gedankenaustausch ihrer Protagonisten und sie versteht es grandios, Freud und Leid zu schildern. Sie bindet ihre Figuren in autobiografische Passagen ein und durchlebt so mit ihnen alle Höhen und Tiefen. Vielleicht können auch Sie mit den Akteuren leben, lachen und vielleicht auch leiden, so wie es Inga erging.

Frau Anderson verfügt über einen humorvollen, flippigen Schreibstil und eine gute Beobachtungsgabe.

Lassen Sie sich entführen in das einmalige Flair der Insel, die nach der griechischen Mythologie der Geburtsstätte Zeus zugeschrieben wird. Genießen Sie die geschichtsträchtigen Fleckchen von Kreta, die romantischen alten Gassen von Rethymnon, das Rauschen des Meeres und der von Knoblauch geschwängerte Wohlgeruch der köstlichen Gerichte steigen dem Leser in die Nase.

Wer Kreta mit seiner vielfältigen Landschaft schon einmal besucht hat, wird Ingas Liebe zu dieser Insel verstehen.

Die Lebensweisheiten der alten griechischen Philosophen begleiten den Leser durch dieses Buch. Trotz der für uns gewöhnungsbedürftigen Ausdrucksweise dieser Zitate, vermitteln sie dem modernen Menschen noch heute eine tiefgründige Weisheit. Einige der alten Leitsätze regen sicherlich den einen oder anderen zum Nachdenken an und vielleicht haben Sie, liebe Leserinnen und Leser, das große Glück und diese Philosophien schenken Ihnen einen neuen Blick auf ein erkenntnisreiches Leben!

Inga Anderson schreibt in einer leichten und modernen Form, so wie Menschen im Alltag kommunizieren.

Die einzelnen Kapitel lassen Humor und Spannung nicht vermissen.

Alles Verstaubte ist ihr fremd!

Ich habe keine Zeit mehr,
absurde Menschen zu ertragen,
die ungeachtet ihres Alters
nicht gewachsen sind!

Zitat aus: „Meine Seele hat es eilig"
Mario de Andrade

Inga Anderson lebt in Süddeutschland

Sie arbeitet unter

einem Pseudonym

Folgende Bücher sind im
tredition-Verlag erschienen:

Band 1: **Gehen wir zu dir oder zu mir...?**

Illusionen

Band 2: **Gehen wir zu dir oder zu mir...?**

Emotionen

(August 2019)

In diesen Kurzgeschichten berichtet
Inga Anderson humorvoll, mit einem
kleinen Schmunzeln auf den Lippen und
einer Prise Ernst gewürzt, über die großen Lieben des Lebens und den eventuel-
len Katzenjammer danach.

Covergestaltung
und
Fotografie

Inga Anderson

Pseudonym

Inhaltsverzeichnis

Rede, damit ich dich sehe!

Sokrates

Prolog

Dieser Roman ist eine Hommage an Kreta, dieser wunderschönen griechischen Insel mitten im Kretischen und Libyschen Meer. Kreta hat eine Größe von ca. 8340 qkm. In diesem überschaubaren Fleckchen Erde findet der Reisende eine große Vielfalt der Natur. Angefangen von den Bergen, hin zu den Traumstränden, den einsamen Buchten und den vielen kleinen Inseln um Kreta herum, die kess aus dem blauen Meer herausragen.

Wie in einer Zeitreise wird der Tourist durch die alten Klöster und Ruinen in die Vergangenheit dieser alten Hochkultur geführt.

Der interessierte Urlauber findet Ruhe in den vielen Kirchen und Abteien. Die Mauern dieser geschichtsträchtigen Orte erzählen noch heute von der Blütezeit von vor tausenden Jahren.

Die alte und spannende Geschichte dieser wundervollen Insel schlummert mittlerweile zwischen den Bergen und den weißen Sandstränden.

Lassen Sie sich entführen, hin zu den idyllischen Gässchen der kleinen Städtchen, dem wogenden blauen Meer, der prachtvollen Natur, den traditionellen kulinarischen Speisen und dem süffigen Wein der Kreter. Besuchen Sie die typischen Tavernen, die kleinen Gaststätten und die Cafés mit ihren schön gedeckten Tischen, in denen die Gastfreundschaft noch groß geschrieben und der hungrige Urlauber fürstlich verwöhnt wird.

Kreta ist nicht nur in kulinarischer Hinsicht ein Highlight, nein es ist auch das ideale Wanderziel für Trecking-Touristen.

Viele Jahre begleitete mich der Gedanke, dieses Paradies in einem Buch zu verarbeiten. So entstanden in den vergangenen Monaten meine Romanfiguren, die ich entlang den historischen Orten von Kreta führe.

Vielleicht habe ich Ihnen den Mund auf einen herrlichen Urlaub auf Kreta wässrig gemacht und möglicherweise sind Sie dann ebenso in dieses Kleinod so verliebt, wie ich es bin.

Ihre

Inga Anderson

Rückblick

Es ist noch früh am Morgen. Ich stehe am Fenster und schaue in meinen kleinen Garten. Obwohl ich noch nicht so alt bin, muss ich mich auf meinen Stock stützen, denn mittlerweile kann ich an nasskalten Tagen ohne diese Hilfe nur noch schlecht gehen. Meine Knie spielen nicht mehr mit, denn sie sind wie ich verbraucht und marode. Nach so vielen Jahren muss ich noch immer die Folgen einer verpfuschten Knie OP tragen. Meine armen Knochen schmerzen. Mir ist schon klar, dass auch die vielen überflüssigen Pfunde, die ich mit mir rumschleppe, meiner Gesundheit nicht förderlich sind, aber ich schaffe es nicht, dieses Problem in den Griff zu bekommen. Nach Geórgios Tod habe ich leider wieder zugenommen.

Erschöpft sehe ich hinaus!

Es regnet in Strömen!

Ich fühle eine große Traurigkeit in mir aufsteigen!

Meine Sehnsucht nach einem lieben Wort oder einer Streicheleinheit ist so groß geworden.

Hoffentlich wird heute endlich mal die Sonne wieder scheinen, sei es auch nur für eine kurze Zeit. Ich bin so ausgehungert danach. Obwohl es laut Kalender schon viel milder sein müsste, macht das Wetter seine Kapriolen. Es ist kalt, windig und regnerisch.

Der von mir so grenzenlos lang empfundene nasskalte Winter soll endlich vorüber sein, denn ich sehne mich nach dem Frühling, nach wärmenden Sonnenstrahlen und einer würzig riechenden lauen Luft. Nach beeindruckenden Morgenröten und blutroten Sonnenuntergängen und dass die Sonne den ganzen Tag über triumphierend am Himmel prangt. Nicht nur wegen meiner alten Knochen, nein, ich warte auch sehnsüchtig auf meinen roten Mohn, der für mich zu jeder Maienzeit wieder blüht. Diese grazile Blume mit ihrer prunkvollen roten Blüte hat mich mein Leben lang begleitet. Ich wünsche mir, dass dieser knallrote Mohn einmal auf meinem Grab zu finden sein wird.

Der gewaltige Regenguss ist vorüber und ich schaue erwartungsvoll zum Firmament. Ich suche nach dem erhofften Regenbogen.

Aber er ist nicht da.

Ob Geórgios ins Licht gegangen ist?

Ich will es mir lieber nicht vorstellen, dass ich nun auf meine alten Tage wirklich alleine bin, ohne ihn, seine Liebe und ohne meine Freunde. In all den vergangenen, elend langen Monaten und Jahren war der Regenbogen die letzte Verbindung zu ihm.

Zu ihm - meiner großen Liebe.

Ich denke, dass es Zeit geworden ist, meinen neuen Roman zu beginnen.

Ächzend setze ich mich an meinen PC. Mein Herz und mein Kopf sind voller Erinnerungen und die Finger meiner kalten Hände können gar nicht schnell genug die Buchstaben der Tastatur treffen, damit ich das sofort umsetzte, was ich gedanklich erfasse.

Mir läuft das Herz über, wenn ich an diese Zeit in meinem Leben zurückblicke. Es waren so wunderschöne und erfüllte Jahre, dass es mich im Nachhinein fast schmerzt, daran zu denken.

Das Alter ist nur
eine zweite Kindheit!

Aristophanes

Kapitel 1

Ein trüber Wintertag lag über der Stadt.

Grau und nass.

Aber meine Stimmung konnte nicht besser sein!

Beschwingt verließ ich das Landgericht unserer Region als stolze Gewinnerin meiner langjährigen Klage gegen eine Klinik.

Endlich war es zu Ende!

Zehn lange Jahre Gerangel um mein Recht lagen hinter mir. Ich hatte wegen einer verpatzten Knie-OP geklagt. Es war ein harter Kampf! Gespickt von winzigen Höhen und schmerzlichen Tiefen. Der Inhaber der Klinik war noch einer der Ärzte, die sich als „Götter in Weiß" sahen und so schwebte er auch an der Seite seines Anwalts in den Gerichtssaal.

Schon bei der letzten Verhandlung legte er gegen den Schuldspruch des Gerichts Berufung ein und nun wollte er es wieder nicht glauben, dass der Richter auch diesmal von meinen Beweisen überzeugt war. Als das Urteil erneut verkündet wurde, lief sein Gesicht blutrot an. Ich glaube, er stand kurz vor einem Kollaps. Es war für ihn unverständlich, wie eine dumme und vor allem medizinisch ungebildete Patientin es wagen konnte, seine Klinik anzuklagen. Beim Herausgehen aus dem Gerichtssaal zischte er mir feindselig zu, dass ich noch von ihm hören würde.

Lächelnd zuckte ich mit den Schultern!

Er konnte mich nicht mehr einschüchtern, nicht mehr nach all den Jahren.

Auch wenn ich es nicht gerne tue, so muss ich leider zugeben, dass mich diese elend langen Jahre vor Gericht zermürbt haben. Ich wusste stets, dass meine Klage rechtens war, aber würde ich auch vor Gericht Recht bekommen? Es gab Tage während dieses Prozesses, da war ich total down. Zum Glück habe ich eine Freundin, die mir beharrlich Mut machte, nicht die Segel zu streichen und auf keinen Fall aufzugeben. Dafür bin ich ihr noch heute dankbar!

Wie ein zäher Terrier rappelte ich mich immer wieder auf und kämpfte weiter.

Ich stritt verbissen meinen Kampf gegen Verlogenheit und Willkür!

Meine Seele hatte Hunger, Hunger nach Gerechtigkeit und ich hatte das seltene Glück, dass man mir mein Recht auch zu sprach.

Danke dafür!

Mir wurde eine kleine Summe als Schadenersatz zuerkannt. In Deutschland sind das nur Peanuts, im Vergleich zu den Beträgen, die in den USA in so einem Fall im Gespräch sind. Aber eigentlich war das zu erzielende Schmerzensgeld im Laufe dieser Jahre für mich nur sekundär geworden.

Mir ging es um mein Recht! Ich wollte die Fehler und später auch die Lügen der Klinik nicht akzeptieren! Zu Beginn meiner Klage hätte ich es niemals für möglich gehalten, dass im Beisein eines Richters von den Anwälten der Gegenseite so entsetzlich gelogen wird und dass Beleidigungen, Demütigungen und verbale Schläge unter die Gürtellinie an der Tagesordnung sind. Ich kann mich nicht erinnern, dass ich jemals in meinem Leben so entwürdigt wurde, wie während dieser Klage. Man drehte mir das Wort im Munde herum, dreist und ohne Skrupel. Nichts war diesem Anwalt schmutzig genug, um es für seine Mandantschaft auszuschlachten.

Man unterstellte mir eine Tablettenabhängigkeit. Und das nur, da ich im Aufnahmebericht der Klinik wahrheitsgemäß alle Medikamente gelistet hatte, die ich in diesem Zeitraum von meinem Hausarzt verordnet bekommen hatte. Darunter befand sich ein beruhigendes Präparat, das mir half, meine Wechseljahre Beschwerden zu lindern. Dreist fischte man sich diese Pillen heraus, um die Lüge der Sucht erfinden zu können, um so von den eigenen Fehlern abzulenken.

Als dies nicht fruchtete, stellte man mich als „adipös" hin und nur wegen dieser „Fettleibigkeit" hätte ich diese gravierenden Spätfolgen nach der OP. Dieses Wort „adipös" verfolgte mich während der langen Zeit der Klage. Immer und immer wieder wurde das von der Gegenseite benutzt, um mich zu deklassieren. Aber ich war nicht fett, ganz bestimmt nicht! Zwar hatte ich gewisse Pölsterchen, so wie viele Frauen in meinem Alter, aber „fett" zu sein, das ist anders.

Mit welcher Dreistigkeit von der Gegenseite bewusst falsches Zeugnis gesprochen wurde, schockierte mich total. So musste ich während eines Prozesstages entsetzt feststellen, dass aus der Patientenakte der Klinik für mich wichtige Unterlagen urplötzlich verschwunden und dass bedeutende Röntgenbilder nicht mehr auffindbar waren, die ich so dringend zu meiner Beweisführung benötigt hätte.

All diese Manipulationen und die haltlosen Beschuldigungen gehörten zu der Zermürbungstaktik gegen mich als Kläger.

Aber ich gab nicht auf!

Im Gegenteil, genau diese Machenschaften motivierten mich weiterzukämpfen.

Bis zum bitteren Ende.

Und ich schaffte es, zu meinem Recht zu kommen!

Als ich nun die gewaltige alte Eichentür des Landgerichts hinter mir ins Schloss fallen hörte, atmete ich auf. Ich spürte, dass eine Zentnerlast von mir genommen war.

Es war vorüber, ich hatte gewonnen!

Während ich gut gelaunt die Straße zu meinem geparkten Auto entlang bummelte, sah ich auf der linken Seite ein Reisebüro. Sollte ich da mal hineingehen? Schließlich hatte ich nach diesem jahrelangen kräftezehrenden Gefecht eine Belohnung verdient. Ja, ich würde mir eine Reise gönnen, mir alleine. Und wenn es nur ein paar Tage waren, aber raus, raus aus allem, was mir so auf meiner geschundenen Seele lastete. Alleine zu verreisen, das hatte ich noch nie gemacht, einfach nur in den Tag hinein leben. Nur für mich da zu sein und Ruhe, Sonne, Meer und Strand zu genießen.

Ja, das war mein Traum!

Eine junge Frau bediente mich. Meine anfängliche Unentschlossenheit war rasch verflogen und ich fragte nach einer Reise nach Kreta. Dieser griechischen Insel gehörte schon seit Jahren mein Herz. Ich kannte Kreta aus zwei früheren Urlauben und hatte mich damals in dieses Paradies verliebt. Das wunderschöne blaue Meer, die traumhafte Natur, die alten Städtchen mit den verwinkelten Gassen, die wilde Romantik der Insel und die alten Kulturen, all das war mir noch sehr gut in Erinnerung geblieben. Ich konnte mich noch an den Namen des damaligen Hotels erinnern und bat die Dame zu schauen, ob sie dort ein gutes Angebot für mich finden würde.

Und so kam es auch. Im Mai, wenn dort üppig der Mohn blühte, wollte ich auf der Insel sein!

Aber vorher hatte ich noch etwas für mich sehr Wichtiges zu erledigen!

Um meinem Gerichtstrauma „adipös zu sein" zu entfliehen, beabsichtigte ich mein Selbstwertgefühl etwas aufzupolieren. Aufgrund meiner Abfindung konnte ich es mir leisten, meinen Hüftspeck und meinen kleinen Bauch etwas zu dezimieren und diese Schwachpunkte absaugen zu lassen. Mein Vorhaben war für viele meiner Freunde und besonders für meine Tochter unverantwortlich, aber das störte mich nicht. Die Beleidigungen vor Gericht bezüglich des Schlagwortes „adipös" saßen tief und drückten auf meine Seele und ich wollte mich unbedingt davon befreien, bevor sich dieser Ballast erst richtig manifestieren konnte.

Ich weiß, dass der eine oder andere meiner Leserinnen und Leser nun die Nase über mich rümpfen wird, über so viel unnötige Eitelkeit, aber für mich war das von großer Bedeutung! Ich wollte damit meine entstandenen Wunden heilen, denn seit den Anschuldigungen der Klinik litt ich durchaus an Minderwertigkeitskomplexen, was meine Figur betraf. Seit dem sah ich meine Hüften mit dem dazugehörenden Hintern tatsächlich als quadratisch an und meine kleine Speckrolle, die wohl jede Frau in meinem Alter durch Geburten mehr oder weniger am Bauch hat, störte mich exorbitant. Mein Umfeld konnte das natürlich nicht nachvollziehen und signalisierte mir, dass ich es maßlos mit meiner Eitelkeit übertreiben würde.

Aber ich ließ mich nicht von meinem Wunsch abbringen.

Eine Klinik in Tschechien verhalf mir meinen Wunsch zu erfüllen. Die OP gelang sehr gut. Mit dem Ergebnis war ich total zufrieden und verließ überglücklich dieses Krankenhaus.

Jetzt konnte ich mich auf meinen Urlaub konzentrieren. Es war noch vieles zu erledigen und zu besorgen. Durch die Absaugung waren mir zum Glück die meisten Hosen viel zu weit geworden. Wie toll, sonst war es stets anders und alle Kleidungsstücke wurden mir permanent zu klein und eng. Da ich nicht so gerne Klamotten einkaufe, musste ich notgedrungen diese Qual auf mich nehmen. Diese Shopping Tour entpuppte sich für mich zu einem knochenharten Tag. Ich hasste und hasse es noch heute, mich in den engen Kabinen umzuziehen, um dann noch in dem grellen Licht schonungslos die körperlichen Mängel präsentiert zu bekommen. Und noch mehr hasse ich es, von Verkäuferinnen „beraten" zu werden, die mir jeden x-beliebigen Fummel andrehen wollen.

Aber ich schaffte es. Zufrieden und schwer beladen, mit diversen Taschen und Tüten, ging ich zu meinem Auto zurück. Sandalen, Sommerteile und Badeanzüge waren nun zu meinem schon sehr beachtlichen Fundus an Klamotten und Schuhen hinzugekommen. Denn ich gehörte zu den armen, geplagten Frauen, die nie etwas anzuziehen haben!

Zumindest nie das Richtige!

Dabei war es langsam zu einem Problem geworden, all meine Kleidungsstücke in unserer Wohnung unterzubringen. Ich schaffte es bisher nicht, mich von alten Fummeln, Schuhen und Taschen zu trennen. Aber nun war es an der Zeit, endlich diverse Teile zu entsorgen. Zumindest diese, die ich seit vielen Jahren nicht mehr getragen hatte.

Und das waren einige!

Kennen Sie das, liebe Leserinnen? Ich denke schon, dass da einige Damen mit mir im gleichen Boot sitzen. Nach dieser Aktivität standen diverse übergroße Kisten für den Kleidercontainer bereit. Aber trotz dieser Räumungsaktion waren meine Schränke noch immer prall gefüllt.

Nun war es an der Zeit, mich für meinen Urlaub zu rüsten. Als ich am Morgen in meinen kleinen Garten ging, sah ich erfreut, dass der wunderschöne rote Mohn schon kleine Knospen zeigte. Diese Blume war für mich der Inbegriff von Frühling, Sonne, Schönheit und Ästhetik und sie begleitete mich schon mein Leben lang. Ich hatte an sie mein Herz verloren. Leider ist die Blütezeit nicht von langer Dauer, aber egal, ich liebe den

Mohn mit den dazu gehörenden blauen Kornblumen. Beide sind für mich wie ein inniges Paar, das gemeinsam erblüht.

Zu dieser Jahreszeit genoss ich schon immer lange Spaziergänge im Feld, um zu sehen, wie sich die zarten Mohnblumen an den Rändern der Kornfelder im Wind wiegen. Da ich leidenschaftlich gerne fotografiere, habe ich mittlerweile eine große Sammlung der verschiedensten Aufnahmen dieser roten Schönheiten in meinem Fundus. Auch noch heute, als eine nicht mehr gar so junge Frau, zieht mich die Grazie dieser Blume noch immer in ihrem Bann und hält mich gefangen.

Doch kommen wir zurück zu meinen Reisevorbereitungen. Für meine privaten Verpflichtungen hatte ich gesorgt und eine Frau gefunden, die mich hoffentlich zu Hause gut vertreten würde. Schon Tage vorher lagen in der kompletten Wohnung Dinge herum, die ich auf alle Fälle mitnehmen wollte. Mein übliches Problem war und ist die 20 kg-Grenze meines Fluggepäcks und es war wie immer für mich fast unmöglich, auch diesmal dieses Limit mit meinen Kleidungsstücken und Schuhen einzuhalten. Ich beschloss daher noch einen Trolley als Handgepäck und einen nicht sehr kleinen Rucksack mitzunehmen.

Die Hinfahrt zum Flughafen verlief reibungslos. Trotz der vielen Gepäckstücke kam ich sehr gut klar. Es war herrlich, dass ich mich nur um mich kümmern musste. Keine unnötigen Diskussionen über irgendwelche Angelegenheiten oder ein Zeitmanagement, keine Debatten darüber, wie man die Wartezeit zum Abflug über die Runden bringen würde, nichts, alles lief so, wie ich es als angenehm empfand. Erstmals war ich nicht gestresst, als ich diese Reise antrat.

Der Flug war angenehm und der Flieger landete sicher und pünktlich. Es verlief alles ohne Zwischenfälle, so wie ich es erhofft hatte. Die Örtlichkeiten des Flughafens waren mir noch von meinen früheren Reisen vertraut. Ich musste nur noch den Koffer vom Gepäckband holen und die entsprechende Reisegesellschaft finden, die mich zum Hotel bringen sollte.

Alles wie gehabt.

Locker und gelöst suchte ich den für mich zuständigen Reiseleiter.

Die Ruhe ist eine
liebenswürdige Frau
und wohnt in der Nähe
der Weisheit!

Epicharm

Kapitel 2

Meinen Koffer, der haarscharf an den magischen 20 Kilos vorbeigerutscht war, den kleinen Handkoffer hinter mir herziehend und den Rucksack auf dem Rücken, fand ich den passenden Bus zu meinem Hotel. Erfreut stellte ich fest, dass ich nicht die einzige Dame war, die mit großem Gepäck reiste. Nur mit dem Unterschied, dass mich kein Ehemann deswegen runterputzte. Entspannt genoss ich diesen Zustand und ich denke, dass mich einige der mitreisenden Frauen darum beneideten.

Der Fahrer verstaute ächzend meine Sachen. Ich fand, dass er sich nicht so anstellen sollte, dieser Schwächling, schließlich erhielt er ein fürstliches Trinkgeld von mir.

Nach ca. 30 km Fahrt war sie schon zu sehen, die wunderschöne Bucht und der Hafen von Heraklion. Diesen Blick liebte ich so. Es war schon fast Abend, die tief stehende Sonne lag über dem Meer und ließ alles noch schöner erscheinen. Ich genoss die Fahrt zum Hotel.

Es ging steil den Berg hinauf, durch schmale asphaltierte Wege und dann lag es in der langsam eintretenden Abenddämmerung, das kleine bezaubernde Gästehaus am Hang. Während der Fahrt zu meinem Quartier schaute ich aus dem Fenster des kleinen Transferbusses und mein Herz freute sich, denn an den Seiten des Weges blühte der Mohn - üppig und prächtig. Das musste ein gutes Omen für diesen Urlaub sein, denn meine geliebten Mohnblumen hießen mich hier willkommen.

Mit etwas steifen Knochen stieg ich aus, wartete auf mein Gepäck und ging dann zur Rezeption. Ich mochte dieses romantische Familienhotel, mit einem bewegend schönen Blick auf das Meer, die Bucht, den Hafen und dazu die schon tief stehende blutrote Sonne.

Es war ein Traum!

Natürlich bekam ich mein vorher bestelltes Wunschzimmer, das eine große Terrasse hatte, von der man am Abend runter auf das Meer von Lichtern schauen konnte, die sich in Form von Straßenlampen und Lokalen am Ufer entlang schlängelten. Ich genoss diesen Blick und freute mich darauf, dass ich das nun jeden Abend sehen durfte. Man hörte bis hier oben den Lärm der Autos von der Küste, man spürte das Leben in den Straßen. Die Hitze des Tages hatte sich etwas gelegt, die Stadt erwachte langsam zum Leben. Ich konnte mich nicht satt sehen an dem, was ich gerade beschrieben habe, es war genauso, wie ich es in Erinnerung hatte.

Die Abendessenszeit war schon vorüber, aber das Personal bat mich noch eine kleine Mahlzeit einzunehmen. Eigentlich hatte ich keinen Hunger, denn ich wollte mir nicht gleich wieder meinen Hüftspeck anfuttern. Aber ich ging dann doch ins Restaurant. Schließlich musste ich ja nicht gleich das komplette Buffet plündern.

Als ich durch die breite Schwingtüre ging, fiel mein Blick auf einen übergroßen Spiegel. Da stand ich nun – frisch abgesaugt, im neuen Out-fit. Ich gebe es zu, ja, eitel wie ich nun mal bin, ich gefiel mir! Es war schön zu sehen, dass meine Hüften nun nicht so prall waren und der Bauch sich nur als eine kleine Wölbung unter der Kleidung abzeichnete. Zugegeben, für meine nun etwas bessere Figur hatte ich schließlich auch richtig viel Geld bezahlt, aber das war mir die Sache wert. Denn an mein „Adipös-Trauma" wollte ich letztlich einen Haken machen. Die Kosten der Absaugung hatte ich gerne investiert, um mich endlich gut zu fühlen und etwas für mich tun, nur für mich und der Urlaub sollte dann die Abrundung werden. So hoffte ich wieder Kraft für meinen nicht leichten Alltag zu finden. Das alles sollte die Belohnung für die langen Jahre meines Kampfes vor Gericht sein.

Einfügen möchte ich noch, dass ich mittlerweile nur noch ab und zu Schmerzen an dem operierten Knie verspürte, seitdem ich meine Reise angetreten hatte. Vielleicht lag es daran, dass ich die Klage gewonnen hatte und nicht mehr der psychischen und physischen Druck meines Alltags auf meinen Schultern lastete. Oder war es generell die Psyche, die mich hier, weit weg von meinem zu Hause, leichter leben ließ? Denn bekanntlich ist diese Symptomatik nicht zu unterschätzen.

Beschwingt ging ich zur Rezeption, um meinen Zimmerschlüssel abzuholen. Kein bisschen Reisemüdigkeit zeigte sich. Als ich dort ankam, warteten im Empfang bereits die beiden Herren, die mir im Münchener Flughafen bereits aufgefallen waren. Sie grüßten beide sehr freundlich. Anscheinend hatten sie mich auch wieder erkannt. Sie waren schon ein ulkiges Pärchen, diese beiden, aber davon möchte ich später erzählen.

Wir bekamen nach dem Essen noch das Hotel gezeigt. Es hatte sich vieles seit meinem letzten Besuch verändert. Durch die Renovierungen war alles noch schöner geworden, noch einladender, als es bei meinem letzten Besuch schon war. Nur der Pool war noch immer sehr klein, aber das ist bei fast allen Hotels auf der Insel so, die nicht direkt am Strand liegen. Mir war das gleich, denn ich schwamm sowieso lieber im Meer, ich brauchte diesen Pool nicht.

Morgen würde ich mir ein kleines Auto mieten und dann starten, dorthin wo die wunderschönen Sandstrännde waren, die kleinen versteckten Buchten, die nur wenige Touristen kannten. Ich freute mich schon darauf, so wie sich ein kleines Kind auf Weihnachten freut, so kam ich mir vor.

Es war so paradiesisch schön mal ein paar Tage nur für mich zu sorgen. Ich durfte endlich in meinem Leben die erste Geige spielen. Das war ein ganz neues Gefühl für mich, das ich bisher so noch nicht kannte. Vor mir lag eine wunderschöne Zeit, in der ich mich endlich nach niemand richten musste. Ich konnte tun und lassen was ich wollte.

Ein berauschendes Gefühl!

Die Zeit war mir! Der Tag war mir! Alles gehörte mir, nur mir!

Als wir durch das Hotel geführt wurden, kam ich mit den beiden Herren ins Gespräch. Eigentlich war ich nicht darauf erpicht, gleich mit ihnen in Kontakt zu kommen, da es nicht meine Stärke ist, mit fremden Menschen unbeschwert Small Talk zu führen. Aber der kleinere der beiden Münchener war ein so mitteilungsfreudiger, aufgeschlossener Mensch, dass ich mich ihm nicht entziehen konnte.

Sie waren ein Paar. Beide etwas propper, voller Freude am Leben. Was mir auf Anhieb an ihnen auffiel, war die Tatsache, dass sie so angenehm miteinander umgingen, geprägt von Zärtlichkeit und Respekt. Ich beneidete sie insgeheim darum. Denn aus meinen früheren Beziehungen kannte ich so viel Liebenswürdigkeit in einer Partnerschaft nicht. Mir zog sich schmerzlich das Herz zusammen, als ich hier erleben durfte, dass man mit dem Partner auch harmonisch und achtsam umgehen kann.

So viel Feingefühl hatte ich mir immer in meinen Beziehungen gewünscht. Aber leider fiel die Wahl meiner Partner stets auf Egoisten, die nur sich kannten. In meiner ersten Verliebtheit sah ich nie den eigentlichen Charakter dieser Männer. In jeder neuen Partnerschaft (alleine dieses Wort „Partnerschaft" passte zu diesen Verbindungen nicht!), dachte ich immer: „Ach, so schlimm ist er gar nicht, wie man es ihm nachsagt. Sicherlich meint er es nicht so!" Aber ich irrte mich gewaltig, denn alle meinten es genauso, wie sie sich mir gegenüber verhielten.

Alle!

Nur ich wollte es nicht sehen!

Ich war blind auf beiden Augen!

Wenn ich damals schon so aufgeklärt gewesen wäre, wie ich es heute bin und mein aktuelles Wissen über Familienverstrickungen gehabt hätte, wäre ich gewiss in der Lage gewesen, meine ewig gleichen Verhaltensmuster zumindest zu hinterfragen. Aber ich kannte das Zusammenleben zwischen meinen Männern und mir nicht anders und daher rutschte ich immer wieder in die gleichen Schemata. Meine Synapsen waren anscheinend so unauslöschlich mit meinem Verhalten programmiert, dass es kein Entrinnen gab.

Vielleicht war ich es mir damals noch nicht wert, von meinen Partnern geachtet und respektiert zu werden.

Eventuell resultierte mein Verhalten aber auch aus meiner Erziehung, dass eine Frau bis zur Selbstaufgabe in einer Verbindung oder Ehe auszuhalten hat. Zum Glück gelang es mir, dieses Dogma zu durchbrechen, denn ich konnte auf die Chronik meines Scheiterns in Form von zwei glücklich geschiedene Ehen und drei weniger glücklich gescheiterten Liebschaften zurückblicken.

Es erweckt vielleicht den Eindruck, dass ich es fünfmal „erfolgreich" geschafft habe, mich aus diesem Korsett zu befreien, aber dem war nicht so. Zurück blieben die alt bekannten „blauen Flecken" auf der Seele, die mich noch heute ab und zu heimsuchen. Hierzu möchte ich unbedingt den beachtlichen Klassiker von Francoise Sagan „Blaue Flecken auf der Seele" erwähnen, denn die Autorin wusste, von was sie schrieb. Nur waren die Verletzungen in meinem Inneren andersgeartet, als die der Figuren aus dem Roman.

Es ist anscheinend ein ungeschriebenes Gesetz, dass es uns irgendwann alle erreicht, das wahre Leben in all seiner Härte, egal in welchen Bereichen! Kürzlich habe ich dazu einen passenden Spruch gelesen: „Je länger du etwas ertragen oder ausgehalten hast, desto länger brauchst du, um dich davon zu erholen".

Heute bin ich froh und glücklich darüber, dass ich es mir Wert war, das ständige Fremdgehen und die fortwährenden Lügen in fast allen Beziehungen nicht mehr zu akzeptieren. Im Nachhinein weiß ich nicht, was schlimmer für mich war, dass mein letzter Mann mit anderen Frauen in der Kiste lag oder mein Gatte Nr. 1 sich jahrelang gedanklich an meiner Freundin aufgegeilt hatte und dutzende Fotos von ihr besaß. Noch heute tut es mir weh, wenn ich daran denke, wie ich mich fühlte, als ich sein Versteck dieser Aufnahmen fand. Für ihn war ich nie eine adäquate Partnerin, immer nur ein Dummerchen und das sagte er mir auch. Heute weiß ich, dass er mich mit diesen Äußerungen nur klein halten wollte, um seine eigenen Minderwertigkeitskomplexe zu kompensieren, denn er wusste genau, dass ich nicht dumm war!

Diese Trennung vollzog ich damals mit einer erschreckenden Konsequenz und einer absoluten Herzlosigkeit. Da er auf das „Aus" unserer Ehe überhaupt nicht vorbereitet war, warf ihn diese „Aufhebung unserer Gemeinschaft" total aus der Bahn. Und das über einen sehr langen Zeitraum.

Das war wohl meine unbewusste, aber vielleicht auch sehr beabsichtigte Rache an ihm.

Im Nachhinein danke ich dem Universum, dass ich die Schritte zu den jeweiligen Trennungen vollzogen habe und das trotz meiner neuronalen Verknüpfungen. Aber sehr zum Leidwesen meiner Familie, die noch heute der Auffassung ist, dass ich nicht bindungsfähig bin und mich nicht unterordnen kann.

„Ja"!

Recht hat sie, meine Sippe, denn ich wollte und will mich in Beziehungen nicht mehr klein machen lassen und nochmals: „Ja", ich möchte nur noch in einer gleichberechtigten Verbindung leben und nicht von Männern als minderwertig behandelt und im weitesten Sinne „domestiziert" werden!

Jetzt sind aber die Pferde mit mir durchgegangen!

Leider passiert mir dieses Verhalten immer wieder, wenn ich mein persönliches Scheitern in Beziehungen anspreche. Es ist wie eine Tretmühle, ich komme immer wieder in meine uralten Glaubenssätze und kann mich daraus nicht befreien.

Ich hoffe, dass ich das mal in den Griff bekomme!

Aber genug über Vergangenes geklagt, kommen wir zurück zu den beiden Herren. Sie waren ein urkomisches, aber so liebenswertes Pärchen. Man sah ihnen an, dass sie das Leben genossen. Ihr Alter schätzte ich zwischen 40 und 45 Jahre. Beide waren keine Traumtypen im klassischen Sinne, aber äußerst kultiviert und ihre Umgangsformen mehr als perfekt. Ihr geschmackvolles Äußeres, in Form von Frisuren und Kleidung, beeindruckte mich sehr.

Ich mochte sie sofort!

Der größere der beiden hieß Lars, so stellte er sich mir vor und der kleinere Angelo. Lars kann man als einen durchaus attraktiven Mann beschreiben, der trotz seines stattlichen Körperbaus sportlich und durchtrainiert wirkt.

Den kleineren Angelo zu beschreiben, dazu braucht es schon etwas mehr Raum, denn er ist ein einzigartiges Kunstwerk seiner Art, den es sicherlich nicht noch einmal gibt. Ich möchte meinen Leserinnen und Lesern unbedingt gleich anvertrauen, dass ich diesen kleinen Mann später für sein etwas anderes, aber liebenswürdiges Äußeres so sehr liebte. Schon an diesem ersten Abend erinnerte er mich im entferntesten Sinne an eine ovale Kugel auf zwei kurzen Beinen, mit schmalen Schultern und einem mehr als breiten Taillenumfang. Er hatte so ein freundliches, offenes Gesichtchen, das ich bisher selten in dieser Form an einem Menschen gesehen habe. Die tiefschwarzen Haare waren modisch, aber gewagt geschnitten, die Hände und Füße appetitlich gepflegt – ein besonderer schwuler Mann, dem die Herzen generell zu flogen. Er war ein Südländer durch und durch. Das Feuer seiner dunklen lebhaften Augen leuchtete so glücklich, wenn er zu seinem größeren Partner aufblickte.

Ich konnte mich dem Charme der beiden nicht verschließen, obwohl ich noch nie im Urlaub offen für schnelle Bekanntschaften war und es bis heute auch nicht bin. Aber hier war ich gleich in deren Bann gezogen. Und sie hatten mich von der ersten Stunde an adoptiert, ich wahrsten Sinne des Wortes. Sie bezogen mich sofort in all ihre Planungen ein und es war ganz selbstverständlich, dass wir an diesem Abend noch ein Begrüßungsschlückchen zusammen tranken.

Wir stießen auf unseren Kreta Urlaub an und dabei stellte es sich heraus, dass sie bereits seit Jahren auf diese Insel kommen und immer wieder von dem Liebreiz dieses Paradieses verzaubert sind. Sie quartieren sich stets in diesem Hotel ein und gehören eigentlich schon zum Inventar. Beide waren auch sehr euphorisch vom Personal begrüßt worden.

Man schätzte sie!

Mein Gefühl signalisierte mir sofort, dass sie außergewöhnliche und wertvolle Menschen sind. Mit viel Grandezza trugen sie ganz selbstverständlich ihre Leibesfülle, sodass ihr Wohlbefinden sofort auf mich abfärbte und ich mich in meiner Haut ebenfalls sauwohl fühlte.

Um es vorweg zu nehmen, wir drei wurden Freunde und diese Freundschaft hielt ein Leben lang. Ich lernte sehr schnell, dass man mit solchen Freunden keine Angst mehr vor dem Leben zu haben braucht, denn sie waren immer für mich da, in allen Lebenslagen. Es war für mich ein neues, aber wunderschönes Gefühl, als Mensch so angenommen zu werden, wie ich nun mal war und bin - kein Teenie mehr, sondern eine gestandene Frau, die schon fast 50 Lenze zählte.

Bereits an diesem Abend führten wir tiefsinnige Gespräche. Wir lachten herzlich und erzählten uns kurz unser Leben, wo wir herkamen usw. Sie berichteten, dass sie erst kürzlich von München in unsere Region nach Rosenheim gezogen waren. Sie beabsichtigten dort einen Edel-Friseur- und Schönheitssalon zu eröffnen, mit all den Angeboten, die eine Frau verschönt.

Beide berichteten glücklich von ihrem Lebensplan. Ich allerdings zweifelte im Stillen daran, dass in unserer ländlichen Region sich zwei schwule Friseure, mit so hochgesteckten Zielen, wirklich geschäftlich etablieren würden. Aber ich sollte in den folgenden Monaten erkennen, dass meine Bedenken völlig falsch waren. Denn Angelo war ein begnadeter Figaro, der in den vergangenen Jahren regelmäßig bei Wettbewerben all seine Konkurrenten mit Bravour besiegt hatte.

Sein sehr anziehendes Wesen ließ die Damen unserer Region später in Scharen in ihren Salon strömen. Angelo hatte so eine besondere Art mit den Frauen umzugehen, die einmalig war. Er gab jeder Frau das Gefühl, dass sie die Schönste ist!

Zum Glück hielt ich mich an diesem Abend mit meinen Bedenken zurück, denn es stand mir schließlich auch nicht zu, deren Träume infrage zu stellen.

Ein Leben ohne Freunde
ist wie eine weitere Reise
ohne Freunde!

Demokrit

Kapitel 3

So saß ich zwischen den beiden und wir waren schon an diesem Abend eine Einheit. Wir hatten alle drei das Gefühl, als ob wir uns schon viele Jahre kennen würden. So harmonisch war unser Zusammensein. Angelo war der Typ Mensch, immer dann, wenn er sich mit einem unterhielt, seine Hand auf den Arm legen musste. Diese Art des Körperkontaktes brauchte er anscheinend. Zuerst fand ich diese Vertrautheit recht seltsam und ich fühlte mich damit etwas überfordert, schließlich kannten wir uns erst ein paar Stunden. Leider trat da mal wieder meine Unsicherheit zutage, die mich zu solchen überspitzten Gedanken nötigt. Ich hatte und habe leider auch noch heute das Problem, dass ich oft nicht locker und frei agieren kann. Stets stelle ich mir die Frage, ob ich mit meinen intellektuellen Fähigkeiten meinem Gegenüber auch ebenbürtig bin. Dieses Minderwertigkeitsgefühl ist wohl noch eine Spätfolge aus meiner Vergangenheit und äußert sich stets in skurrilen Formen.

Angelo hatte so einige Marotten, die aber immer liebenswert waren. Wenn er sich unterhielt oder nachdachte, strich er sich gedankenverloren über sein schwarzes Oberlippenbärtchen, so, als ob er nachprüfen wollte, dass seine Mannespracht noch vorhanden war. Diese Geste hat sich bei ihm so manifestiert, dass er das auch noch heute, nach all den vielen Jahren, so handhabt. Dieses Bärtchen war und ist sein ganzer Stolz.

Und wie dieser Mann lachen konnte. Dabei wackelte sein Bäuchlein auf und ab und ich bin ehrlich, ich musste mich immer zwingen ihm bei unseren Gesprächen in die Augen zu sehen und nicht auf diesen süßen drallen Leib. Als ich Angelo das erste Mal sah, dachte ich sofort an den grandiosen und unvergessenen Dirk Bach. Diese Ähnlichkeit war frappierend, das offene Gesicht, die Figur, das ansteckende Lachen, das seinen ganzen Körper vibrieren lässt und seine unvergleichliche Herzlichkeit. Allerdings besteht der Unterschied zwischen den beiden darin, dass Angelo ein rassiger italienischer Mann ist, mit gebräunter zarter Baby Haut, dunkelbraunen Kulleraugen und wunderschönen tiefschwarzen Haaren.

Erstaunlich ist auch, dass er ebenso beweglich ist, wie Dirk Bach es war, trotz seiner Körperfülle. Noch heute finde ich es beeindruckend, wie Angelo durch sein Leben wirbelt. Und ich frage mich immer wieder sehr verwundert, in welchen Schuhgeschäften er mit diesen putzigen Kinderfüßchen so schöne Schuhe kaufen kann?

Wie eingangs schon erwähnt, stießen wir fortwährend auf unseren Kreta-Urlaub an, und als es dann bereits sehr spät war, gingen wir leicht schwankend zu unseren Zimmern. Höflich wollten beide Herren mich zu meiner

Unterkunft begleiten und Angelos „Hallo" war riesig, als er bemerkte, dass unsere Appartements direkt nebeneinander lagen. In seiner unbeschreiblichen Art ließ er mich gleich wissen, dass ich mich immer bei ihnen melden kann, wenn ich ein Problem habe. Schließlich seien wir Nachbarn. Unter anderen Bedingungen wäre mir das von fremden Menschen zu aufdringlich gewesen, aber diesmal empfand ich es überhaupt nicht so. Es gab mir das Gefühl einer gewissen Geborgenheit, da ich alleine reiste. Ich ging in mein Zimmer, schloss die Türe hinter mir, lehnte mich mit dem Rücken dagegen und fühlte, dass diese beiden Herren ganz besondere Menschen waren, die es gut mit mir meinten. Ich genoss diesen Zustand sehr, denn in meinem Privatleben war ich bisher nicht immer mit so viel Fürsorge behandelt worden.

In dieser Nacht schlief ich ungewöhnlich tief und prompt hatte ich das Frühstück verschlafen. Erschrocken schaute ich auf meine Uhr. Ausgerechnet mir musste das passieren, da ich doch ohne meinen Morgenkaffee überhaupt nicht in die Gänge kam. Denn ich gehöre nicht zu den Menschen, die nach ein paar Gläschen Alkohol des vorherigen Abends am Morgen über Appetitlosigkeit klagen. Im Gegenteil. Ich habe am Morgen generell einen Bärenhunger. Während ich versuchte richtig wach zu werden, klopfte es schon an meine Tür und davor standen meine neuen Freunde in grell farbigen Shorts, eng anliegenden Shirts und ausgefallene Sonnenbrillen rundeten das perfekte Sommer-Sonnengefühl ab. Um sich vor der berüchtigten Sonne Kretas zu schützen, trugen sie schicke Käppis auf den dunklen Haaren. Alles in allem, zwei total süße, schwule Männer standen vor meiner Türe – meine neuen Freunde!

Da ich bekannter Weise keine zwanzig Lenze zähle, war mir schon klar, dass ich auf keinen Fall zu den ungeschminkten Morgenschönheiten gehöre, aber mir war das egal, denn beide hatten mir mein Frühstück gebracht. Sie trugen ein großes Tablett mit allen Köstlichkeiten des reichhaltigen Frühstücksbuffets darauf und Angelo zeigte lachend auf eine große Kanne mit Kaffee.

Wir setzen uns auf die Terrasse und nach dem ich mich etwas hergerichtet hatte, frühstückten wir gemeinsam. Noch immer war ich in meinem Nachtshirt. Und vor allen Dingen ohne BH und das in meinem etwas fortgeschrittenen Alter. Es war mir so unwichtig, dass ich noch nicht angezogen war - ich erkannte mich nicht mehr wieder! So etwas wäre früher bei mir undenkbar gewesen. Die Tatsache, dass beide schwul waren, ließ mich so locker und unverkrampft mit ihnen umgehen!

Und wie konnte es anders sein, Angelo drehte wieder auf und wir lachten schon am Morgen über ihn. Dann verschwand er, holte drei Gläser und diverse kleine „Sektchen", so wie er es nannte und wir setzen das bisherige übliche Frühstück mit einem kleinen Sektfrühstück fort.

Wie schön dieser Tag begann!

Ich war schon lange nicht mehr so unbeschwert gewesen. Völlig unbekümmert saß ich in meinem Nachthemd mit zwei gewissermaßen fremden Männern auf meiner Terrasse in der Sonne und trank Prickelwasser und das am Morgen, kurz nach dem Aufstehen!

„Inga", dachte ich, „was ist aus dir geworden?"

Aber es tat mir so gut!

Ich war frei, frei von den Lasten meines Alltags. Das war Urlaub! Seit der ersten Stunde meiner Ankunft empfand ich das so. Das waren endlich sorglose Ferien, so wie ich mir diese immer gewünscht hatte. Mit Freude am Leben, mit Spaß und Genüssen!

Angelo lachte so herzlich und wie immer wackelte sein Bäuchlein dabei, als er zu mir sagte: „Chipsy Schatz" (wieso Chipsy, sie wussten doch beide, dass mein Name Inga ist) „zieh dich an, mach dich noch schöner" (alleine diese Formulierung fand ich so wohltuend), „dann laufen wir runter in die Stadt, mieten uns einen Wagen und machen die Strände unsicher. Hopp, hopp, wir warten an der Rezeption auf dich!"

Mit diesen Worten packten sie das Geschirr zusammen und ab ging es mit den beiden. Natürlich lautstark, wie konnte es anders sein, wenn Angelo dabei war. Sein südländisches Temperament war einmalig. Schon damals wunderte ich mich, dass mir seine mehr als lebhafte Art niemals zu viel wurde, im Gegenteil, ich liebte ihn später dafür. Dieses positive Lebensgefühl, das er vermittelte, war einfach berauschend. Man konnte sich neben und mit ihm nur gut fühlen.

In jedem Menschen ist Sonne –
man muss sie nur
zum Leuchten bringen!

Sokrates

Kapitel 4

Als wir den steilen Weg zur Stadt runterliefen, hupte es wie wild vor uns. Ein Wagen hielt an und heraussprangen zwei Männer, die Lars und Angelo sehr freudig begrüßten. Ich stand etwas abseits und wartete geduldig, bis die Begrüßungszeremonie überstanden war. Angelo konnte sich überhaupt nicht beruhigen, immer wieder umarmte er in seiner temperamentvollen Art beide Männer, wobei er sich auf die Zehenspitzen stellen musste, damit er seine Ärmchen um deren Hals legen konnte.

Ich beobachtete alles schmunzelnd und dachte so für mich: „Lieber Gott, sind denn auf dieser Insel alle netten Männer homosexuell? Was uns armen Frauen da versagt bleibt!" Es war nicht zu übersehen - auch diese beiden Freunde von Lars und Angelo waren ein Paar. Später stellte sich heraus, dass die vier schon seit vielen Jahren sehr eng freundschaftlich verbandelt waren. Sie kannten sich aus München und trafen sich vor einigen Jahren durch Zufall auf Kreta wieder.

Tja, wie das Leben so spielt!

Angelo stellte uns vor „Das ist Chipsy und das sind Geórgios und Jassy. Sie sind Freunde aus unserer gemeinsamen Zeit in München." Aber warum nennt Angelo mich ständig „Chipsy"? Mein Name ist ihm doch bekannt?

Wir begrüßten uns und ich fand beide sehr, wirklich sehr sympathisch. Vielleicht stand auch hier wieder die Prämisse im Vordergrund, dass mir keiner von denen an die Wäsche wollte, denn auch diese beiden waren so schwul, wie man schwuler nicht sein konnte.

Geórgios und Jassy lebten mittlerweile auf Kreta und hatten sich in Rethymnon niedergelassen. Sehr aufgekratzt erzählte der größere von beiden, es war Jassy, dass sie schon seit Stunden unterwegs waren und das in der Hitze des Tages. Sie planten ihre Freunde nach Rethymnon einzuladen, um dort ein paar Tage gemeinsam zu verbringen. Als Angelo das hörte, war sein Temperament nicht mehr zu bremsen. Das war seine Welt - Freunde, Sonne, Wasser, Wein, gutes Essen und Lachen, ja Lachen!

Diskret wollte ich mich zurückziehen, aber alle vier Herren waren der einhelligen Meinung, dass ich ebenfalls dazu gehören würde. Mir war das alles verständlicherweise nicht recht, denn diese vier Männer waren Fremde für mich und dazu war ich noch einige Jahre älter als sie. Da wollte ich mich lieber etwas bedeckt halten. Aber weit gefehlt, ich wurde von allen vehement überstimmt und die Einladung schloss mich mit ein. Nach kurzer Überlegung nahm ich diese auch gerne an.

Gut gelaunt begaben wir uns alle zum Hotel zurück. Jeder packte ein paar Sachen zusammen und ich schrieb meiner Tochter schnell eine WhatsApp, dass ich einem Trip nach Rethymnon mit zwei bzw. vier fremden Herren unternehmen wollte. Ich sage lieber nicht, was sie mir geantwortet hat und das auch zu Recht. Aber, seit dem ich hier auf Kreta weilte, war ich irgendwie nicht mehr so richtig gepolt. Mir lief so einiges aus dem Ruder. All meine früheren Prinzipien waren wie weggewischt. Ich merkte nur, dass ich in der kurzen Zeit, in der ich hier weilte, mich gelöst fühlte und endlich mal so leben konnte, so wie ich es wollte. Das war Balsam für meine Seele. Letztlich musste ich niemanden Rechenschaft ablegen, auch nicht in dieser Situation.

Im Hotel meldeten wir uns ab und ich stellte erleichtert fest, dass Geórgios und Jassy dort sehr gut bekannt waren. Sie schienen geschäftlich miteinander verbandelt zu sein. Vielleicht arbeiteten sie zusammen, denn Geórgios hatte in Rethymnon ebenso eine Pension, was ich dann aber erst später erfuhr.

Ich kannte bereits diese alte wunderschöne Stadt Rethymnon. Schon bei meinem ersten Besuch hatte ich mich in die engen Gassen und die sehr romantische Atmosphäre der alten Gemäuer verliebt. Von daher freute ich mich auf diesen Ausflug.

Momentan war für mich alles so anders geworden, so viel freier, als ich sonst zu leben pflegte. Erwähnen möchte ich unbedingt, dass ich eigentlich ein Schisser war und bin und in meinem Leben nie etwas großartig riskiert habe. Ich war und blieb eine vorsichtige Beamtentochter. Bis zu diesem heutigen Tag!

Bedenkenlos stieg ich mit diesen vier Fremden in den Wagen. Ich alleine als Frau. Gut, man muss zu meiner Entschuldigung sagen, dass ich das alles recht sorglos sah. Schließlich waren beide Paare schwul und von daher dachte ich, dass keiner von mir was wollte! Aber trotzdem, das war schon sehr leichtsinnig. Schließlich kannte ich sie ja nicht. Aber ich tröstete mich damit, dass die Hotel Rezeption wusste, wo wir zu erreichen waren.

Somit war ich mit meinen Bedenken wieder im reinen!

Alles, was ich als wichtig erachtete, hatte ich geschwind eingepackt. Und wie das so meine Art ist, reiste ich auch diesmal nicht mit kleinem Gepäck. Was bei den drei Herren eine gewisse Heiterkeit an den Tag legte, als ich mit meinem nicht allzu kleinen Rucksack zum Auto kam. Nur einer konnte mich verstehen und das war Angelo. Denn seine Tasche war auch nicht viel kleiner als meine Siebensachen. Man muss es mir doch zugutehalten, dass ich mich auf die Schnelle für Kleidungsstücke entscheiden musste, von denen ich nicht ahnen konnte, ob sie passend für den Ausflug waren. Deshalb packte ich schon mal was zusätzlich ein, denn man wusste ja nie! Ich verstaute noch schnell all meine Kosmetika und diverse Schuhe in meinem Reisegepäck, denn auch da brauchte ich unbedingt eine Auswahl, da ich mir immer Blasen an den Füßen lief. Dazu war eine farbliche Auswahl an Tüchern unabdingbar. Ich band mir diese immer um den Kopf, was bei meinen Problemhaaren nicht die schlechteste Lösung war. Dann kam noch meine riesige Stofftasche hinzu und nicht zu vergessen, meine diversen Salben für alle Wehwehchen. Dann mein Nachtshirt, einen Kaftan, meine Badesachen und noch so einige Dinge. Da war so ein, wenn auch sehr großer Rucksack, ganz schnell Rand voll. Und ich muss zugeben, dass ebenso meine große Umhängetasche prall gefüllt war. In diesem Moment konnte ich mir gar nicht erklären, dass all dieses Zeug doch so viel Platz benötigte. Mein Zimmer hatte ich sehr chaotisch hinterlassen. Ich hatte all meine Klamotten, die ich doch nicht mitnehmen wollte, achtlos auf das Bett geworfen und auch meine Schuhe lagen irgendwo herum. Ich hinterließ einen mehr als unordentlichen Eindruck.

Dann ging es los. Geórgios chauffierte uns und er bestand darauf, dass ich vorne auf dem Beifahrersitz Platz nehmen sollte. Daher mussten sich die drei Freunde hinten im Wagen auf die Rückbank quetschen, was mir natürlich sehr unangenehm war. Notgedrungen hatte der große Jassy nun seine Knie knapp unter dem Kinn und da Lars und Angelo auch keine Hungerhaken waren, wurde es sehr eng für das Trio. Während der langen Fahrt nach Rethymnon gingen mir so einige Gedanken durch den Kopf und ich fand mein Verhalten, mit diesen Dreibeinern auf Tour zu gehen, nun doch immer unüberlegter, je länger ich darüber nachdachte. Was war denn nur mit mir los? Warum machte ich das? Das passte doch nicht zu mir. Aber dann sprach ich mir Mut zu, dass schon alles gut gehen würde.

Ich vertraute meinem Schutzengel!

Die Unterhaltungen der Freunde waren sehr angeregt. Mir fiel gleich auf, das Geórgios, der eigentlich ein Kreter war, einen herrlich bayerischen Akzent hatte. Bei Jassy, einem gebürtigen Ägypter, war die Aussprache korrekt. Da er in Deutschland die Schule besucht hatte, waren seine Wortwahl und Grammatik perfekt.

Lars und Angelo erzählten von ihren Plänen bezüglich des neuen Salons, den sie eröffnen wollten. Lars berichtete ganz stolz, dass Angelo vor ein paar Tagen in Rom an einem Friseurwettbewerb teilgenommen und diesen mit einem hohen Preisgeld gewonnen hatte. Angelo strahlte glücklich zu dieser Erzählung. Er war so ein liebenswerter Mensch, denn über seinen Erfolg hörte man von ihm keine dumme Angeberei, wie das bestimmt bei anderen Kerlen der Fall gewesen wäre.

Geórgios meinte daraufhin verschmitzt, ob Angelo ihm auch mal eine gescheite Frisur verpassen möchte und deutete auf seine grau melierten langen Haare, die er kaum bändigen konnte. Er hatte Power Locken, die er zu einem Pferdeschwanz gebunden trug. Schon war Angelo in seinem Element. Er spielte mit seinen Fantasien, wie er Geórgios Äußeres verschönern könnte. Lachend wehrte Geórgios alle Vorschläge ab. Er wollte auf keinen Fall nach Angelos Haarschnitt wie ein geschorener Pudel aussehen.

Diesem Abenteuer wollte er sich nun doch nicht aussetzen.

Mut steht am Anfang des Handelns und Glück am Ende!

Demokrit

Kapitel 5

Nach zwei Stunden Fahrt machte Geórgios eine Pause. Obwohl man auf Kreta nur 80 km/h fahren darf, sind die vielen Kurven für den Fahrer sehr anstrengend. Wir betraten eine schöne kleine Raststätte mit Blick auf das Meer. Ich durfte mir den Tisch aussuchen. Alle Herren nahmen erst Platz, als ich mich gesetzt hatte. So viel Aufmerksamkeit hatte ich schon lange nicht mehr erlebt. Ich dachte so bei mir, dass sich anscheinend auch nur schwule Männer so charmant verhalten, denn ich hatte schon andere Dinge in puncto „Galanterie" im Umgang mit der Krone der Schöpfung erlebt. Und wieder drängte sich mir im Stillen die Feststellung auf, dass es schon schade ist, dass so außergewöhnliche Exemplare des starken Geschlechtes, wie diese vier nun mal waren, uns Frauen leider versagt bleiben!

Alle Herren waren so wohltuend höflich und angenehm. Sie waren leger gekleidet, wirkten wie aus dem Ei gepellt und keiner der Herren war trotz der langen Autofahrt unangenehm verschwitzt. Jassy trug ein Shirt, ein Käppi, wohl wegen seiner fehlenden Haarpracht und Shorts. Wunderschöne dunkelbraune Augen zierten sein sensibles gebräuntes Gesicht. Jassy war ein ausgesprochen schöner Mann.

Bei Geórgios war das schon anders. Über seiner alten ausgewaschenen Jeans kaschierte ein blütenweißes, übergroßes Hemd mit hochgekrempelten Ärmeln, seinen kleinen Bauchansatz. Und dazu rote Sandalen! Welcher Mann in seinem Alter wählte so eine Kombination seines Outfits? Aber alles passte zu seinen langen, zusammengebundenen Haaren und dem ansprechenden Gesicht. Im Geheimen erinnerte er mich an einen Alt Hippie. Geórgios war zwar zurückhaltend, aber doch kontaktfreudiger als Jassy. Ich mochte beide. Irgendwie waren auch sie ein besonderes Paar. Jassy war sehr groß und super schlank, Geórgios dagegen kleiner und dafür war seine Taille etwas mehr in die Breite gegangen. Auch hier musste ich feststellen, wie überaus liebevoll sie miteinander umgingen.

Es war schön, das mitzuerleben!

Das Tischgespräch verlief höflich und anregend, jeder behandelte den anderen mit Herzlichkeit und Respekt. Wir unterhielten uns gut, jetzt sage ich schon „wir" und „uns", als ob ich bereits dazu gehören würde. Aber alle vermittelten mir das Gefühl, dass es so war. Sie fragten mich, aus welcher Gegend von Deutschland ich denn komme und was ich beruflich machen würde. Dass ich verheiratet war, das kaschierte ich geschickt mit der Formulierung „wir". Unter anderem sprach ich von meiner Tochter und noch so einige Dinge von zu Hause, vermied es aber immer von meiner Ehe zu sprechen. Jassy und Geórgios interessierten sich sehr für meine Darstellungen. Sie berichteten, dass sie beide lange in München gelebt hatten. Dort seien sie sich das erste Mal unter sehr tragischen Umständen begegnet. Von dort hatten sie dann gemeinsam die Rückkehr nach Kreta geplant. Jetzt verstand ich auch, warum Geórgios diesen liebenswerten bayerischen Slang hatte.

Lars und Angelo kannten natürlich die beiden schon seit vielen Jahren. Sie hatten ebenfalls die ganze Zeit interessiert meinen Schilderungen gelauscht. Während dieser Unterhaltung fiel mir auf, dass Angelo immer seine Hand auf den Schenkel von Lars legte und die andere auf seinen süßen, runden Bauch. Er erinnerte mich mit dieser Geste an eine Hochschwangere.

Dann brachen wir auf. Nach geraumer Zeit waren wir am Ziel – da lag sie vor uns, diese wunderschöne alte Stadt Rethymnon. Die riesige uralte venezianische Festung Fortezza begrüßte erhaben all die Gäste ihrer Stadt, so auch uns. Wir parkten den Wagen auf dem großen Parkplatz, auf dem auch die Anwohner aufgrund der engen Gassen der Innenstadt ihre Autos abstellen müssen. Gemeinsam gingen wir durch die alten Straßen. Jassy trug meinen nicht allzu kleinen Rucksack. Und Lars die pralle Tasche von Angelo.

Ich hatte sofort wieder das Gefühl, dass die schmalen engen Gässchen von romantischen Stunden zweier eng umschlungenen Liebenden erzählen. Überall in den kleinen Straßen standen dicht an den Mauern der gemütlichen Restaurants Tische und Stühle und luden die Gäste zum Verweilen ein. Blumen und mickrig kleine Bäumchen säumten die Mauern der alten Häuser. Wie bereits bei meinem ersten Besuch hatte ich das Gefühl, in einem anderen Zeitalter zu sein. Ich war hingerissen von dem Charme dieser Stadt. Geórgios schaute zu mir rüber und freute sich sichtlich, wie verliebt ich in diese alten Gemäuer war. Er führte uns durch ein paar kleine enge Gassen zu einer Pension. Alles war auch hier winzig, eng und windschief. Man konnte von den kleinen Balkonen der Unterkunft direkt dem Nachbarn ins Fenster sehen. Schräg hängende, alte Läden zierten die Häuserfront. Alles schien so alt zu sein, wie die Mauern selbst.

Welche Schicksale im Laufe der Jahrhunderte sich hinter diesen alten Wänden wohl abgespielt hatten?

Geórgios wurde von den Nachbarn begrüßt. Lars und Angelo waren sehr erstaunt, dass mir das alles hier schon bekannt war. Ich konnte mich sogar an dieses kleine Gästehaus erinnern, denn man musste einige breite und sehr ausgetretene Stufen überwinden, wenn man zur Eingangstüre kommen wollte. Ringsum waren kleine verwinkelte Geschäftchen mit allen möglichen Dingen, die angeboten wurden.

Geórgios und Jassy machten den Vorschlag, mit uns zum Abendessen in ein Lokal am kleinen Hafen zu gehen. Sofort wurde ich hellhörig. Ein kleiner Hafen? War das eventuell der bezaubernde venezianische Hafen, in den ich mich bereits bei meinem letzten Besuch verliebt hatte?

Wir machten uns alle frisch und ich wusste nicht, was ich anziehen sollte - mein übliches Problem! Dann entschied ich mich für ein buntes, leichtes Sommerkleid mit den schönen neuen Sandalen. Dazu meine Stofftasche und mein obligatorisches Tuch im Haar, natürlich alles passend.

Gut, dass ich so großzügig gepackt hatte, so konnte ich mich am Abend hier wohlfühlen.

Das Glück wohnt nicht im Besitze
und nicht im Golde,
das Glücksgefühl ist nur
in der Seele zu Hause!

Demokrit

Geschwind schaute ich auf meine Uhr, ich hatte noch etwas Zeit. Wir wollten erst in einer halben Stunde losgehen, denn Angelo hatte seine Verschönerung noch nicht beendet. Endlich war ich mal nicht diejenige, die alles verzögerte.

In Gedanken versunken setzte ich mich auf den kleinen Balkon meines Zimmers. Es war nicht zu glauben, was in diesen zwei Tagen alles passiert war. Ich hatte vier Männer kennengelernt, die mir das Gefühl gaben, dass ich schon seit Jahren zu ihnen gehören würde. Und ich fühlte mich sau wohl dabei. Ich hatte bisher nicht den Eindruck, dass ich hier deplatziert oder nur geduldet war. Im Gegenteil, ich wurde sehr offen und entgegenkommend behandelt. Ich gebe zu - ich genoss diesen für mich so ungewöhnlichen Zustand in vollen Zügen.

Trotz der Harmonie ging mir eine etwas indiskrete Frage nicht aus dem Kopf. Wenn ich ein schwules Paar sehe, mache ich mir immer darüber Gedanken, wer die jeweilige Rolle des Mannes und wer die der Frau praktiziert. So war es auch bei meinen Freunden. Im Falle von Angelo und Lars, da war es klar, Angelo war der Part der Weiblichkeit zugefallen, denn besser als er konnte eine Frau die liebenswerten femininen Schwächen nicht repräsentieren. Er fühlte und litt so, wie dies nur eine

Frau kann. Seine Ästhetik für Kleidung und Frisuren, sowie Schuhe und Kosmetika glich der einer Frau. Lars erfüllte die Rolle des Mannes, das war sonnen klar.

Bei Jassy und Geórgios fiel mir es schon schwerer, da zu einem Resultat zu kommen. Wer war bei denen der Mann und wer die Frau? Schwer zu sagen. Aber auch bei den beiden war die Art, wie sie liebevoll miteinander umgingen, so wohltuend. Meine bisherigen, teilweise sehr negativen Beziehungserfahrungen zeigten mir, dass so eine ausgesprochene Höflichkeit und Rücksichtnahme leider äußerst selten bei heterosexuellen Paaren zu finden ist. Daher hatten meine neuen Freunde meine tiefste Bewunderung.

Ich schüttelte den Kopf und schimpfte mich wegen meiner Gedanken aus. Was ging mich deren Sexualleben eigentlich an? Nichts!

Mittlerweile war es an der Zeit, aufzubrechen. Aber nun zeigte es sich, dass Lars und Angelo noch nicht so weit waren. Man hörte Angelo mit seiner nicht sehr dezenten Stimme glücklich lachen. Aha, die hatten wohl noch was vor.

Leise legte ich Angelo einen Zettel vor die Tür und wollte gerade die Treppe heruntergehen, da ging neben an die Zimmertür auf und Geórgios kam heraus. Er stand mit dem Rücken zu mir und sprach mit Jassy, der nur im Slip auf dem Bett lag. Beide lachten. In diesem Moment fühlte ich mich so fehl am Platze, wie selten in meinem

Leben. Leise verkrümelte ich mich, denn ich wollte die beiden wohl sehr verliebten Paare nicht stören.

Alle hatten Sex in diesem Hause, nur ich nicht! Erstmals betrachtete ich diese Situation als ein Manko. Das war tatsächlich eine ungewohnte Erkenntnis und ich wunderte mich über meine seltsamen Gedanken. An diese geballte Ladung von fremder Zweisamkeit – na ja, daran musste ich mich erst gewöhnen.

In diesem Moment fühlte ich mich richtig alleine!

Tief durchatmend trat ich aus der Pension und stand mitten im Leben. Momentan wusste ich nicht genau, wohin ich gehen musste, um in die Altstadt zu kommen. Aber ich würde mich schon orientieren können. Die engen Gässchen gehörten mir.

Jeder kleine Winkel dieser Stadt war einmalig und faszinierend. Viele schöne Fleckchen waren mir noch aus meinem letzten Urlaub vertraut. Ich hätte nie gedacht, dass ich das alles hier so schnell wieder sehen würde. Meinen Fotoapparat hatte ich zum Glück dabei und ich suchte mir schöne Eindrücke, die ich festhalten wollte. Schon lange hatte ich ein kleines Büchlein mit wunderschönen Motiven von Kreta geplant, das ich „Stille Augenblicke" nennen wollte. Ganz spontan fiel mir dieser Titel ein, als ich durch die Straßen ging. Ich dachte mir, dass man all die charmanten Fleckchen dieser Stadt mit anderen charakteristischen und aussagestarken Motiven der Insel in diesem Buch publizieren könnte, verbunden mit den klugen Lebensweisheiten der griechischen Philosophen. Das war schon lange mein Traum und nun wollte ich mit den heutigen Aufnahmen von dieser romantischen Stadt den Grundstein dazu legen.

Nach einem langen Bummel durch die verwinkelten Gassen hatte ich Durst. Ich wählte mir ein kleines Lokal zur Rast aus, das an die schiefen Hauswände kleine Tischgarnituren gestellt hatte. Es sah allerliebst aus, wie hübsch diese gedeckt waren. Als ich mich so umschaute, lief mein Herz über vor so viel sanfter Schönheit, denn aus der Erde, direkt an dem teilweise abgebröckelten Verputz des Hauses, wuchsen kleine mickrige Bäumchen heraus. An der Treppe und an den Fensterbänken zierten üppig blühende Blumen das kleine winklige Haus. Efeuranken suchten an der Hauswand einen festen Halt und eine kleine Blume hatte dort etwas Erde zum Wachsen gefunden. In diesem Moment empfand ich so eine große Zufriedenheit und ein ruhiges Glück, das ich gerne festgehalten hätte.

Ich zahlte meine Zeche und ging weiter. Nach ein paar Schritten fiel mir ein weiteres bezauberndes altes Häuschen auf. Ein schiefes grüne Tor versperrte den Zugang zum Hof. Durch die kleinen Fenster des Hauses konnte ich sehen, dass dort eine Galerie war. Aber die Tür und das Hoftor waren verschlossen. Vielleicht würde ich morgen diesen Schatz noch mal wieder finden, denn die im Hof stehenden ausgefallenen Holzskulpturen interessierten mich sehr.

In Gedanken versunken bummelte ich weiter. Diese Figuren gingen mir nicht aus dem Kopf, denn die besondere Verarbeitung war schon sehr bizarr.

Die schmalen Gässchen waren so verwinkelt und verworren, dass ich erneut die Orientierung verlor. Jetzt war ich schon zweimal an dem venezianischen Brunnen Rimondi vorbeigekommen. Anscheinend hatte ich mich verlaufen. Konzentriert versuchte ich mich neu zu orientieren, aber das war gar nicht so einfach. Dann sah ich endlich die Festung am Ufer und so wusste ich, welche Richtung ich zum kleinen Hafen einschlagen musste.

Genau an der Ecke entdeckte ich eine kleine Boutique und was lächelte mich da an? Genau, ein attraktiver Kaftan fand mein Interesse. Ohne zu überlegen, ging ich hinein und fragte nach diesem Teil. Meine Lieblingsfarben Türkis – Rot und Sonnengelb lachten mich an und dazu dieses attraktive und ausgefallene Dekor ließen mein Herz höher schlagen. Die Größe war auch angenehm, sie passte allen Damen mit den Konfektionsgrößen 38 bis 46. Dazwischen würde ich mich schon einreihen können. Ich überlegte nicht lange und kaufte das großartige Kleidungsstück. Auch hier genoss ich es sehr, dass mich kein männliches Wesen in diesem Moment maßregelte.

Glücklich, mit einer geschmackvollen Tüte in der Hand, die mit einem ausgefallenen Aufdruck versehen war, verließ ich das Geschäft und ging die Straße zum Hafen entlang.

Endlich hatte ich es geschafft. Dort vorne musste der alte kleine Hafen sein, dessen Atmosphäre ich noch von meinem letzten Urlaub genau in Erinnerung hatte. Sofort erkannte ich, dass ich den richtigen Weg gewählt hatte. Ich musste nur noch rechts um die Ecke biegen und - ja, da war er schon, der verwinkelte venezianische Hafen aus dem 1300 Jahrhundert, mit den vielen kleinen romantischen Booten, die im Wasser schaukelten und den einladenden Lokalen, die direkt ans Ufer grenzten. Kein Fitzelchen des knappen Areals war hier vergeudet worden, alles war genutzt. Das Hafenufer lag linker Hand und dicht daran waren die Tischgarnituren der Restaurants angegliedert. Rechts schlängelte sich ein kleiner Durchgangsweg an den Häuserfronten der Gaststätten entlang und die Kellner mussten die Speisen und Getränke vom Lokal aus über diesen Pfad zu ihren Gästen jonglieren.

Von jedem der Inhaber wurde man animiert, sein Lokal aufzusuchen. Jeder hatte natürlich die beste Speisekarte und lautstark übertrumpfte jeder Koch den der anderen Lokale. Man kannte das ja generell aus dem Süden, jeder war der Beste, jeder war der Größte, jeder hatte die besten und größten Fische und natürlich „the best price".

Ich war im Süden! Herrlich!

In diesem Moment merkte ich erstmals, wie sich langsam der stets vorhandene Druck in meinem Magen entkrampfte. Endlich konnte ich mich entspannen und alles genießen. Dieser Zustand war in den vergangenen Jahren ein sehr ungewohntes Gefühl für mich geworden. Mein belastender Alltag zwang mich in ein Korsett, aus dem ich oft so gerne ausgebrochen wäre. Es aber nicht tat. Warum?

Das Leben ist nun mal kein Wunschkonzert und meines sah halt so aus! Schnell schob ich diese Gedanken zur Seite, denn ich wollte mir den schönen Tag nicht verderben.

Dann erblickte ich sie alle oder besser gesagt, ich vernahm ihre Stimmen, denn Angelos Organ war nicht zu überhören. Jassy und Geórgios standen bei einer älteren Dame und unterhielten sich. Lars und Angelo saßen am Tisch direkt am Ufer, plauderten und schauten ins Wasser. Dann wurde ich von Angelo entdeckt. Und wie es nun mal seine Art war und sie auch immer so bleiben wird, begrüßte er mich mit einem lauten Hallo. Der komplette kleine Hafen wusste nun, dass ich eine Freundin von ihm war. Er sprang auf, hüpfte mir entgegen und nahm mich in seine Arme. Leicht gebückt nahm ich seine Huldigungen entgegen.

„Hi Chipsy, schön, dass du da bist. Wir haben schon auf dich gewartet. Und wie du wieder aussiehst, einfach Klasse. So ein schönes Kleid und die Farben, die du trägst, die passen genau zu dir". In Windeseile hatte er mich taxiert und bestimmt jedes einzelne Teil meiner Klamotten und Schuhe sofort in sich aufgenommen. Das war Angelo, so war er! „Und wie gut du riechst, welches Parfüm benützt du denn?" Dann hatte er meine Tüte entdeckt. Ohne zu fragen, nahm er mir diese aus der Hand, schaute hinein und bewunderte das tolle Stück, das ich gerade erst erworben hatte. Neugierig packte er meinen Fummel aus. Seine Begeisterung über meine neue Anschaffung kannte keine Grenzen!

Liebevoll strich er über den Stoff, hielt dann den Kaftan vor sich und bewunderte die ausgefallene schöne Farbzusammenstellung. „Kompliment, dieses Teil passt zu dir wie Arsch auf Eimer. Chipsy, du hast Geschmack. So was Tolles würde ich auch gerne haben!" verkündete er mir und war total ernst dabei. Ich musste mich erst daran gewöhnen, dass er sich häufig sehr deftig ausdrückte, was er aber immer ganz liebenswert meinte und dann brauchte ich, wie schon so oft, ein paar Minuten, um mir ins Gedächtnis zu rufen, dass er zwar ein Mann war, aber wie eine Frau fühlte und auch so lebte. Vorsichtig packte er das Teil wieder ein, hakte sich bei mir unter und wir gingen zur Begrüßung zu Geórgios, Jassy und der älteren Dame. Man stellte mich ihr vor. Es war Geórgios Mutter. Sie war sicherlich schon weit über siebzig und noch immer eine sehr schöne Frau, voll innerer Würde und Wärme, die man spürte.

Wir mochten uns sofort. Diese Frau fühlte so, wie ich es tat!

Geórgios und seine Mutter waren eine Einheit, man sah beiden an, wie sehr sie sich liebten. Seine ausgewogenen Gesichtszüge hatte er von seiner Mutter geerbt. Die Ähnlichkeit war unverkennbar. Es war so schön diese Harmonie der beiden zu fühlen. Auch Jassy wurde von ihr in den Arm genommen, er war ebenfalls ihr Sohn. Sie war eine ganz besondere Frau! Mit dunkelbraunen Augen, aus denen die Weisheit des Alters blickte. Ihre langen schwarzen Haare hatte sie zu einem Knoten gebunden und dazu trug sie unter ihrer weißen großen Schürze ein sehr schönes dezentes blutrotes Sommerkleid mit einem kleinen Spitzenkragen. An ihrem liebenswerten Gesicht war das Alter anscheinend spurlos vorbeigegangen, obwohl sie sicherlich sehr viel hatte arbeiten müssen. Allerdings konnten ihre Hände ihr arbeitsreiches Leben nicht verbergen.

Erst jetzt bemerkte ich, dass ich dieses Lokal kannte. Mein Mann und ich hatten hier bei unserem letzten Besuch gespeist. Es sah heute noch genau wie damals aus. Die blauweißen Tischdecken, mit den passenden Stoffservietten, die groben weiß gebeizten Holztische und Stühle, die Bänke und die großen Sonnenschirme, alles war wie einst.

Von dem Nachbartisch roch ich die wunderbaren Speisen. In diesem Moment spürte ich, wie damals der Fisch schmeckte, den ich in diesem Lokal gegessen hatte. Mir war sofort im Gedächtnis, dass wir als Gäste das Gefühl hatten, wie Könige bedient zu werden! Und so war es auch heute noch.

Das Geheimnis der traditionellen Küche dieses Lokals war, dass nur die besten Produkte verwendet wurden, wie hochwertige Olivenöle, ausgesuchte frische Gemüse der Insel und die besten Fische der ansässigen Petrijünger. Verbunden mit den alten Rezepten aus der traditionellen Küche der Kreter und voilà, schon waren die köstlichsten Gerichte gezaubert.

Geórgios Mutter war eine exzellente Köchin!

Als ich Angelo erzählte, dass ich bereits vor Jahren als Gast hier weilte, war er nicht mehr zu halten. Seine ohnehin sehr kräftige Stimme wurde noch lauter, als er dieses zu Geórgios und seiner Mutter hinüberrief. Beide freuten sich darüber. Ich fühlte mich sofort in diesem kleinen Restaurant wohl und das war ein Gefühl, das in den kommenden Jahren immer geblieben ist.

Schon hatte Angelo mich erneut in Beschlag belegt. Er nahm mir abermals die Tüte aus der Hand und offenbarte Lars dieses außergewöhnliche Kleidungsstück. Unumwunden ließ er durchblicken, dass ihm so etwas auch gefallen würde. Aber Lars schien nicht anzubeißen. Als er gar nicht reagierte, wurde Angelo etwas deutlicher:

„Larsi, schau mal, ob mir diese Farben auch stehen würden und ob ich meinen Bauch da unterbringen kann?" Aber Larsi blieb auf beiden Ohren taub. Und genau so, wie wir Frauen uns dann verhalten, so tat es Angelo auch, denn er haderte tragisch mit seinem harten Schicksal! Sichtlich beleidigt saß er am Tisch und schaute unter seinen langen dunklen Wimpern immer wieder verstohlen zu Lars, damit er sicher sein konnte, dass dieser seine Enttäuschung auch bemerkt hatte. Aber Lars reagierte nicht auf Angelos bühnenreife Darbietung. Dann mussten Jassy und Geórgios herhalten, aber auch die würdigten den besonderen Kaftan nicht richtig. Nur Geórgios Mutter verstand Angelo. Daraufhin konnte er endlich wieder ein kleines bisschen mit sich und der Welt zufrieden sein. Aber immer wieder versuchte er Lars klarzumachen, dass er sich auch so einen Fummel wünschen würde. Aber Lars war zu keiner Antwort zu bewegen, er hatte auf stur geschaltet.

Als mein kleiner Sonnenschein überhaupt nicht mehr damit aufhörte, Lars zu nerven, wurde dieser sauer, so wie es wohl allen Männern dieses Planeten ergangen wäre, wenn sie so offensichtlich genötigt werden. Er meinte leicht gereizt, dass Angelo genug solcher Kutten zu Hause hätte. Ich muss zugeben, dass so eine Unterhaltung zwischen zwei männlichen Wesen mir doch sehr fremd war. Aber der Kleine ließ nicht locker, genauso wie wir Mädels nun mal sind, wenn wir was erreichen wollen.

Als ich sah, dass er einfach keinen Erfolg bei Lars hatte, konnte ich nicht anders. Ich nahm das Teil aus der Tüte und sagte zu ihm: „Angelo, was hältst du davon, wenn ich dir meine neueste Errungenschaft schenke? Ich finde bestimmt wieder einen anderen, der mir ebenso gut gefällt." Angelo zögerte keine Sekunde und schrie mir euphorisch ins Ohr: „Nein, Chipsy, diese Freude, Larsi hast du gehört, Chipsy schenkt mir dieses wunderschöne Stück" rief Angelo überschwänglich und wenig dezent. Ich konnte von Glück sagen, dass wir beide nicht ins Hafenwasser plumpsten, so schwungvoll war er mir in die Arme gefallen und küsste mich dankbar. Zwei glückliche braune Augen, die mich immer an dunkle Pralinen erinnerten, sahen mich an. Ich war sehr gerührt, als ich sah, welch eine Freude ich ihm gemacht hatte. Er hätte sich locker diesen Fummel selbst kaufen können, aber durch mein Geschenk war er so glücklich, dass es mir das Herz rührte.

Schnell zog er das Teil über seine Kleidung, was natürlich viel zu lang für den kleinen Angelo war, aber das störte ihn nicht. Ich bin ehrlich, ich musste meinen Blick von ihm wenden, sonst hätte ich gelacht, denn er sah so putzig aus mit seinem Bauch, dem Fummel darüber, der mit mindestens 30 cm Stoff auf dem Boden schleifte. Aber das störte ihn nicht, er gefiel sich in dem schicken Teil und streichelte immer wieder verliebt über den Stoff, bzw. über seine darunter verborgene Rundung. Als er sich gefällig zur Seite drehte, sah man unter dem hoch gerafften Tuch seine kleinen Füßchen mit den tollen Schuhen blitzen. Glücklich dreht er sich so, als ob er in einen Spiegel schauen würde. In diesem Moment liebte ich diesen kleinen Mann von Herzen. Ich liebte ihn dafür, dass er sich über einen Kaftan von knapp 80 Euro so freute, zumal er sich locker gute und teure Kleidung leisten konnte. Und wieder hallte seine tiefe Stimme durch den Hafen: „Geórgios, Jassy, seht mal, das hat mir Chipsy geschenkt" und er krabbelte auf einen Stuhl, damit man ihn auch aus der Ferne bewundern konnte. Dabei drehte er sich elegant und kreiste graziös seine Hüften, wie das eigentlich nur Frauen können, aber bei Angelo sah es überaus anmutig aus. Ich bin mir sicher, dass ich das nicht so feminin hinbekommen hätte. Erneut drängte sich mir die Frage auf, warum Angelo mich immer „Chipsy" nannte?

Und sollten die Gäste an den anderen Tischen bisher noch nicht gewusst haben, dass mein Angelo schwul war, jetzt wussten sie es! Wenn es nicht schon zuvor so gewesen wäre, so hatte ich an diesem Abend einen treuen Freund fürs Leben gefunden. Ich hatte bei ihm immer das Gefühl, dass er mit mir glücklich war, da wir zwei uns so verbunden waren und uns nicht nur über frauenspezifische Themen unterhalten konnten. Sicherlich eigneten sich die anderen Freunde bezüglich dieser Frauengespräche nicht so besonders. Er zog mich immer ins Vertrauen, egal um was es sich handelte. Wir waren ein gutes Team!

Verschworen und geheimnisvoll sprach er mich unterdessen an, dass ich noch eine gute Gesichtshaut und gar keinen Falten hätte und fragte interessiert, welch eine besondere Creme ich denn verwenden würde. Ich erzählte ihm, dass ich mir schon immer gute Kosmetik gegönnt hatte. Schließlich hat man nur ein Gesicht und ich war und bin noch immer der Meinung, dass man dieses ausgiebig pflegen sollte, da keine Frau tiefe Falten in ihrem Antlitz mag. Und als ob es nicht anders sein konnte, beendete er unsere intime Unterhaltung laut lachend, sodass es alle im Hafen hören konnten: „Ja, da hast du recht, Runzeln gehören nicht in ein hübsches Frätzchen, die gehören an den Arsch. Denn dort hat man genug Platz und man kann ihn gut verdecken!" Wieder erschütterte sein Lachen sein Bäuchlein und ich feixte genauso mit. Es war so wohltuend, diese lockere und gelöste Stimmung durch ihn zu erleben.

Als Lars seinen Freund bat, nicht so deftig mit mir umzugehen, da lächelte er verschmitzt mir zu und meinte: „Wir Frauen unter uns, wir verstehen uns schon!" Erneut lachte er so herzlich, dass seine Kurven bebten.

Jassy und Geórgios beobachteten unser intimes Frauengespräch und mussten sich umdrehen, da sie sich vor Lachen nicht halten konnten. Angelos deftiger Humor und seine Art sich lautstark mitzuteilen, konnte zeitweise recht peinlich sein. Aber nicht für uns, denn genau das liebten wir an ihm.

Dann kamen Jassy, Geórgios und seine Mutter zu uns an den Tisch. Und wie konnte es anders sein, Angelo sprang auf und küsste Geórgios Mutter stürmisch ab. „Ach meine geliebte Bella Maria, du wirst jedes Jahr schöner" schmetterte er ihr ins Ohr. Er hatte nicht Unrecht, denn Maria war noch immer eine attraktive Frau. Sie trug mit Würde ihr Alter, aber sie verzichtete nicht darauf, sich die Haare zu färben und einen roten Lippenstift zu tragen. Ich fühlte mich zu dieser Frau sofort hingezogen und in den kommenden Monaten und Jahren sollte ich noch erkennen, wie wichtig sie in meinem Leben werden würde. Sie begrüßte mich noch einmal und hieß mich in ihrem Lokal willkommen.

An diesem Abend durfte ich hier die sprichwörtliche griechische Gastfreundschaft genießen. Gerührt drückte ich dankbar ihre Hände! Angelo kam noch zu uns, nahm seine Bella Maria erneut in den Arm, küsste sie auf die Wange und meinte liebevoll zu ihr: „Du wunderschöne Blüte deiner Insel". Verlegen wehrte Maria seinen Gefühlsausbruch ab und bei jedem anderen Menschen hätte sie das als aufdringlich empfunden, aber nicht bei Angelo. So war er halt, unser Südländer, enthusiastisch und herzlich, wenn auch manchmal etwas übertrieben. Aber wir liebten ihn so, wie er nun mal war.

Geórgios legte stolz den Arm um seine Mutter und drückte sie zärtlich. Er war immer darauf bedacht, dass sie in ihrem Alter nicht mehr so viel arbeitete. Aber sie lächelte nur, denn sie brauchte den Kontakt zu ihren Gästen.

Es wurde ein durch und durch gelungener Abend, das Essen war grandios. Geórgios hatte mit seiner Mutter gemeinsam für uns gekocht. Es gab die verschiedensten Gerichte nach alten Kreter Rezepten. Unter anderem deren berühmte Fischsuppe, sie war ein Gedicht! Es folgten gefüllte Weinblätter und verschiedene Salate. Anschließend genossen wir die kräftig gewürzten Fische und Meeresfrüchte vom Holzkohlengrill, sowie appetitliche Peperoni und andere Gemüse aus der Pfanne, oder man konnte auch die grandiosen Bifteki mit Metaxa Souce auswählen und nicht zu vergessen die köstliche Knoblauchcreme, die man auch aus der spanischen Küche als Aioli kennt - dazu reichte man knusprige Bratkartoffel oder das leckere Weißbrot. Alle Speisen waren wunderbar mit Knoblauch und den guten Zutaten gewürzt. Der Wein und der Ouzo flossen in Strömen. Man hörte unser lautstarkes „Jamas" weit in den Hafen hinein.

Kurz vor unserem Aufbruch brachte Geórgios noch mal eine große Platte mit Köstlichkeiten, für die wir eigentlich keinen Platz mehr in unseren Mägen hatten. Aber Angelo löste den Fall für uns, in dem er schmetterte: „Leute greift zu, man muss sich auch mal quälen können!" An allen umliegenden Tischen sah man die Gäste über Angelos Lebensweisheit schmunzeln, einige applaudierten sogar. Denn jeder sah Angelo an, dass er sich sehr gerne quälte! Auch wir „quälten" uns an diesem Abend voller Begeisterung und putzten alles weg. Sehr zur Freude von Maria und Geórgios.

Uns Gästen war klar, dass Maria kein Geld für diesen Abend annehmen würde, man hätte sie damit beleidigt. Aber auch dafür hatten Angelo und ich die typisch weibliche Lösung parat. Am nächsten Morgen brachten wir ihr einen großen Blumenstrauß und diesen nahm sie gerne an!

Geórgios und Jassy blieben noch im Lokal und halfen Maria. Lars, Angelo und ich bummelten zur Pension zurück, das heißt, wir wollten das, aber wir fanden sie leider nicht. Alle Sträßchen führten wieder in andere kleine Gassen und so hatten wir uns in kürzester Zeit total verfranzt. Endlich sahen wir die Festung am Meer und dann hatte ich die Orientierung wieder gefunden. Lustig und aufgedreht kamen wir in der Pension an. Und wie konnte es anders sein, wir mussten noch einen Dämmerschoppen in Form von kleinen Ouzos vernichten, erst dann gingen wir zu Bett. Als ich endlich meine drückenden Schuhe ausziehen konnte und ich meine Füße massierte, ließ ich diese vergangenen Stunden noch einmal Revue passieren.

So herzhaft gelacht, wie an diesem Abend, hatte ich schon seit Jahren nicht mehr.

Ein gutes Essen bringt gute Leute zusammen!

Sokrates

Kapitel 7

Als ich am nächsten Morgen aufwachte, war mir, als hätte ich noch vom Vorabend eine zerbissene Knoblauchzehe im Mund. Die köstlichen Speisen des gestrigen Abends zeigten ihre Nachwirkungen. Nach einem ausgiebigen Frühstück, vor dem Jassy und Geórgios schon lange aufgebrochen waren, wollten Angelo, Lars und ich noch mal durch die Gässchen schlendern. Aber zum Schluss war ich doch alleine, denn meine beiden Freunde hatten noch andere Pläne und Bedürfnisse.

Schnell zog ich meine bequemen Sandalen an und trat aus der Pension in die kleinen Straßen, die hier sehr eng und verwinkelt waren. Vorsichtig ging ich die ausgetretenen Treppen hinunter. Da war es wieder das schöne Gefühl – präsent zu sein in einem anderen Zeitalter. Geschäftiges Treiben war schon angesagt. Wie die Griechen nun mal sind, wurde alles auf der Straße lautstark diskutiert. Das ist der Liebreiz an den Südländern! Jeder sprach mit jedem, jeder begrüßte jeden, auch ich gehörte schon dazu. Das kleine Nachbargeschäft verkaufte Postkarten und der Inhaber wusste von gestern noch, dass ich in der Pension neben an wohnte. Dabei erfuhr ich, dass diese Pension Geórgios gehörte. Ach, deshalb hatte er dort ein Zimmer oder sogar eine kleine Wohnung!

Gut gelaunt bummelte ich los. Diesmal konnte ich mich besser orientieren und ich erkannte sofort, wo ich war. Da vorne war das kleine Bistro mit den kleinen Tischen an der Hauswand, dort das Geschäft mit den guten Weinen und da vorne, da musste die Galerie sein.

Und so war es auch.

Diesmal war das grüne Tor einladend geöffnet. Neugierig schaute ich in den Hof. Niemand war zu sehen. Hinten, in einer Werkstatt, hörte ich eine Motorsäge. Ich rief: „Hallo" - erhielt aber keine Reaktion auf mein rufen. Zögernd ging ich in den Hof. Dort standen die wunderschönen Holzskulpturen in den unterschiedlichsten Größen, die ich gestern schon bewundert hatte. Sie waren in einer ganz besonderen Art gefertigt. So etwas hatte ich zuvor noch nie gesehen. Die Maserungen der Hölzer waren außergewöhnlich und teilweise mit unterschiedlichen dezenten Farbtönungen durchzogen, die in zarten Farben changierten. Ich konnte mir nicht erklären, wie eine solche Besonderheit des Materials zustande kam. Es sah so aus, als ob zarten Farben in den Maserungen des Holzes geheimnisvoll schillerten.

Dann bemerkte ich, dass man vom Hof aus in die kleine Galerie gehen konnte. Auch dort standen noch mehrere dieser ausgefallenen Skulpturen. „Gefallen sie dir?", fragte mich eine Stimme in deutscher Sprache.

Erschrocken zuckte ich zusammen und dann erkannte ich Jassy.

Wieso war er hier? War er auch Kunde? Dann klärte er mich auf. Heute Morgen sei die Galerie geöffnet und er betreute diese. Ich war total verdutzt und fragte ihn, wer diese besonderen Holzarbeiten gezaubert hatte? Er lächelte, nahm mich bei der Hand und führte mich in die Werkstatt. Der ohrenbetäubende Lärm der Motorsäge war gerade verklungen. Dort stand Geórgios und fuhr mit Schmirgelpapier in großen Zügen über die Figur, die er gerade mit der Säge bearbeitet hatte. Er war total verschwitzt, verdreckt und übersät mit Sägespänen, mit einer Schutzbrille vor den Augen und einem Gehörschutz auf den Ohren. Natürlich hörte er uns nicht. Jassy schubste ihn kurz an. Er drehte sich um und dann bemerkte er mich. Als er mich sah, war sein Blick zuerst recht ungläubig, aber dann freute er sich, dass ich den Weg in seine Werkstatt gefunden hatte.

Umständlich putze er sich seine Hände an der Hose ab, nahm Brille und Ohrschutz von seinem Kopf und kam zu mir. Ich war etwas verlegen, da ich das erste Mal mit den beiden alleine war. Sonst war die Plaudertasche Angelo immer dabei und sprengte alle unangenehmen Situationen, aber diesmal musste ich alleine klarkommen und meine generellen Hemmungen überwinden. Den beiden erging es nicht anders. Interessiert fragte ich nach, ob all die hier ausgestellten Skulpturen von Geórgios gefertigt worden waren? Eigentlich eine blöde Frage. Aber beide schienen das nicht so zu empfinden. Er nickte und zeigte mir dann alle Objekte. Ich war fasziniert. Wie es so meine Art ist, strich ich mit meinen Fingern vorsichtig über das Holz der Figuren. Es war ein aufregendes Gefühl, diese Strukturen zu ertasten, denn ich gehöre zu dem Menschen, die besser etwas erfassen, wenn sie es berühren.

Nicht umsonst verwendet man dafür das Wort „begreifen".

Erneut stellte sich für mich die Frage nach der besonderen Maserung des Holzes, wie diese hier verarbeitet wurde. Als ich mich deswegen bei Geórgios erkundigte, war er über meine Frage verwundert und gleichzeitig sehr erfreut. Bedächtig ging ich von einer Figur zur nächsten, denn eine war schöner als die andere. Geórgios begleitete mich schweigend. Er beobachtete mich. Dann begann er endlich mir zu erzählen, was er sich bei den einzelnen Verarbeitungen gedacht, welche Inspiration er dabei empfunden hatte. Es waren teilweise figurelle, aber auch total abstrakte Arbeiten.

Ich war tief beeindruckt, was er mit Holz alles ausdrücken konnte! Eleganz, Grazie, Kraft und Stärke prägten diese Skulpturen. Für mich hatten all diese Holzarbeiten eine Seele, sie lebten!

Interessiert erkundigte ich mich, ob er auch Zeichnungen zu diesen Objekten hätte? Er wunderte sich über meine Frage, aber Jassy war schon unterwegs und brachte mir eine Mappe. Sie war prall gefüllt mit Entwürfen, mehr oder weniger gut ausgearbeitet. Nein, eigentlich waren das keine Skizzen, es waren wunderschöne Zeichnungen. Mit elegantem Schwung aus dem Handgelenk und voller Leichtigkeit waren die Motive gearbeitet. Erstaunt sah ich Geórgios an und nicht minder ungläubig war seine Reaktion auf meinen Blick.

Zweifel waren in seinem Gesicht zu lesen, denn er konnte nicht ermessen, welche Besonderheiten ich in diesen Darstellungen sah. „Bist du Künstlerin?", fragte er skeptisch. „Nein, leider nicht", entgegnete ich „aber ich habe jahrelang eine Galerie in unserer Stadt geführt und ich glaube, dass ich es von daher einschätzen kann, dass du eine gute Kunst präsentierst. Deine Kreativität und dein Handwerk bietet all das, was eine erstklassige Zeichnung braucht. Diese Linien sind voller Stärke und daher wunderschön und aussagestark. Es sind stimmige Arbeiten, gepaart mit Eleganz und Energie. Die Komposition ist wunderbar. Du hast einen guten Schwung und eine starke Dynamik darin verewigt. Du kannst wirklich großartig zeichnen!" Geórgios war etwas verunsichert, da er nicht glaubte, dass ich das im Ernst meinte.

Und ob ich das so meinte!

In meinen Augen war er ein überaus begabter Künstler! Er aber schien von seinen zeichnerischen Fähigkeiten nicht so überzeugt zu sein, da er sich nicht als Maler, sondern mehr als Bildhauer fühlte.

Ich ließ nicht locker. Das ist und bleibt ein Charakterzug von mir. Wenn ich von was begeistert bin, kann ich mich nicht zurückhalten. Da gehen die Pferde mit mir durch. Und so war das auch hier. „Warum bietet ihr diese Zeichnungen nicht in eurer Galerie an?", stellte ich als Frage in den Raum. Beide glaubten noch immer nicht, dass meine Euphorie echt war und Geórgios entgegnete vorsichtig: „Das sind doch nur Skizzen!"

„Nein Geórgios, das sind keine Skizzen, das sind ganz besondere Zeichnungen. Das sind Schätze, die du da in der Schublade versteckst. Die sind gut!".

Auch Jassy war recht skeptisch dem gegenüber, was ich sagte - er meinte dann, dass Geórgios doch ein eher handwerklicher Künstler sei, also mehr ein Bildhauer als Maler. „Das stimmt nicht, Jassy, Geórgios ist ebenfalls ein genialer Zeichner. Ich würde an eurer Stelle diese Darstellungen mit Passepartouts versehen, schlicht rahmen und diese Bilder den Gästen in eurer Stadt anbieten. Empfehlenswert wären solche Formate, die nicht zu groß sind, damit der Kunde diese dann auch beim Transport verstauen kann. Und die nicht gerahmten Bilder, die losen Blätter, würde ich in Klarsichtmappen geben und so den Kunden präsentieren. Vielleicht könnt ihr noch mit einem Rahmenmacher zusammenarbeiten, der die Objekte nach den Wünschen der Kunden entsprechend gleich hier vor Ort rahmt. Ich bin sicher, dass der Verkauf gut sein wird".

Vier große fragende Augen sahen mich an, aber ich war nicht zu bremsen, ich war in meinem Element. Jetzt kam wieder mein Verkaufssinn als Galeristin durch. Schnell suchte ich mir ein paar Bilder heraus und hielt diese an die Wand. „Schaut mal, wie die Zeichnung wirkt! Du könntest auch noch mit Kohle oder Rötel arbeiten oder die Linien mit verschiedenfarbiger Kreide ausführen und z. B. auch weiße Farbe benützen, um ab und zu ein paar Akzente zu setzen. Oder du wählst ein dezent farbiges Papier, statt ein helles aus. Das Spiel der Farben ist dann sehr ausdrucksvoll und voller Lebendigkeit mit klaren Kontrasten. Das wäre genial!"

So langsam merkte ich, wie mein Funke auf die beiden übersprang. Jassy war wohl von den beiden der bessere Geschäftsmann, denn er war der Erste, der sich meinen Vorschlägen öffnete. „Meinst du wirklich? Ja, du hast recht, seine Bilder sind gut, aber wir dachten immer, das würde nicht ausreichen, diese skizzierten Motive."

„Das ist momentan genau der Zeitgeist, der bei den Kunden gefragt ist. Mit „wenigen Strichen" eine „große Stimmung" darstellen. Diese Linien sind dezent ausgearbeitet, aber gleichzeitig aussagestark. Und damit trifft Geórgios genau den Modegeschmack der Käufer. Er zaubert lebendige Kompositionen in seinen Zeichnungen".

Ich merkte, wie sich beide noch zögerlich mit diesem Gedanken vertraut machten, aber immerhin!

Zwischenzeitlich ging ich zu der Holzskulptur, an der Geórgios begonnen hatte zu arbeiten. Zärtlich strich ich über das Material, so, als ob es leben würde und es fühlte sich gut an. Geórgios beobachtete mich, als ich das tat. Dann kam er zu mir. Zögerlich begann er mir zu erzählen, was er hier aus dem Holz herausarbeiten wollte. Er suchte aus seinen Skizzen die Vorlage zu dieser Skulptur heraus und zeigte sie mir. Es war eine abstrakte Form mit guten Schwüngen und passenden Proportionen. Sie war wunderschön. „Stell dir doch mal vor, wie das die Kunden anspricht, wenn sie zu der Figur noch die passende Zeichnung kaufen können. Das ist doch einmalig. Welcher Künstler hat so ein vielschichtiges Potenzial, um das zu bieten?" Ich fühlte, wie Geórgios mich anschaute. Aber ich traute mich nicht aufzublicken, ich hatte Scheu ihm in die Augen zu sehen.

Etwas verlegen fragte er mich, ob er mir eine Zeichnung aus seinem Fundus schenken dürfte. Mit Freude vernahm ich, dass er diesmal nicht „Skizze", sondern „Zeichnung" gesagt hatte. Ich bedankte mich, suchte mir ein kleines Bild aus und war überglücklich, als ich das kleine Blatt mit dem wunderschönen Büttenpapier in meinen Händen hielt.

Dieses Juwel begleitete mich später mein Leben lang.

Lange Kleider behindern den Leib,
überflüssiges Drum und
Dran die Seele!

Sokrates

Kapitel 8

Glücklich verabschiedete ich mich von den beiden. Wir planten uns alle am Hafen zum Mittagessen zu treffen. Aber diesmal wollten wir unbedingt zahlende Gäste sein, auch wenn Maria sich vehement dagegen sträubte. Anschließend bummelten wir alle noch durch die kleinen Gassen von Rethymnon.

Als wir eine Apotheke sahen, bat ich meine vier Begleiter mich kurz zu entschuldigen, ich wollte mir dort etwas besorgen. Nun schickt es sich nicht eine Frau zu fragen, was sie in der Apotheke kaufen möchte, aber mein lieber Angelo hatte damit keine Probleme. Wir gingen schon die ganze Zeit vor den anderen voran und als ich die Apotheke anpeilte, erkundigte er sich interessiert, was ich denn besorgen wollte. Mir war diese Frage schon etwas peinlich, aber dann sagte ich ihm ganz leise, dass ich Verdauungsprobleme hätte und dass ich mir ein Mittel dagegen beschaffen wollte. „Ach so" meinte er verständnisvoll und nach hinten zu unseren drei Freunden rief er in seiner lauten und tiefen Stimme: „Wartet mal, Chipsy geht mal kurz in die Apotheke, sie kann nicht scheißen und will sich ein Mittel dagegen holen".

Mir blieb fast das Herz stehen, als ich das hörte. Ich beeilte mich, dass ich in den Geschäftsräumen verschwinden konnte.

Nun wusste jeder im Umkreis von 200 m, dass ich an Verstopfung litt!

Durch das Schaufenster sah ich, wie Jassy, Geórgios und Lars sich vor Lachen bogen. Aber mein kleiner runder Angelo dagegen fand diese Äußerung völlig normal, schließlich war das ja etwas Menschliches. Das mag ja sein, aber er musste das doch nicht in dieser Lautstärke verkünden.

Er stand nun wartend vor der Apotheke, hatte seine kurzen Ärmchen hinter seinem Rücken verschränkt, was seinen runden Bauch noch mehr betonte und wartete geduldig, bis ich wieder aus den Geschäftsräumen kam.

Als ich heraustrat, wusste ich vor Verlegenheit nicht, wo ich hinschauen sollte und Jassy, Geórgios und Lars drehten sich ebenfalls diskret weg. Nur mein kleiner Angelo kannte überhaupt keine Scheu, er fragte ebenso laut wie vorhin, ob ich das Mittel bekommen hätte.

Ich werde mich wohl im Laufe der Zeit an die Art von Angelo gewöhnen müssen. So ist er nun mal, immer wenig diskret und gerade raus. Es ist ja auch nicht schlimm, an Verstopfung zu leiden, aber musste es gleich ganz Rethymnon wissen?

Am Abend fragte Jassy uns, ob wir Lust hätten, ihn und Geórgios in ein Hotel zu begleiten. Sie hätten dort etwas Geschäftliches abzuwickeln. Die Anlage sei sehr schön am Meer gelegen, in dem fast nur deutsche Urlauber logierten. Wir fanden alle die Idee toll und freuten uns darauf.

Bis zum Abendtreffpunkt hatten wir noch 3 Stunden Zeit. Meine beiden Freunde Angelo und Lars hatten wohl noch was anderes vor. Oh Himmel, die hatten wirklich ein sehr ausgeprägtes Sexualleben!

Daher entschloss ich mich, noch schwimmen zu gehen. Schnell packte ich meine Sachen und bummelte zum Strand. Ich fand eine kleine Bucht. Und als ob es so sein sollte, standen da vereinzelte Mohnblumen direkt am Schilf. Herrlich. Das wunderschöne orangerot leuchtete in der Sonne. Die Blüten bogen sich elegant auf den langen dünnen Stielen im Wind. Ich war dort ganz alleine, es war so idyllisch und so wohltuend für mich.

Diese Stille tat mir sehr gut. Ich roch das saftige Gras, das Wasser und die würzige Luft, es war Balsam für meine Seele.

Zuerst schwamm ich eine große Runde und legte mich anschließend auf meine Decke, holte Block und Stift aus meiner Tasche und begann zu schreiben. Bisher hatte ich in den vergangenen Tagen dazu noch gar keine Zeit gehabt, denn immer lief ein anderes Programm und jetzt genoss ich es sehr, dass ich endlich mal alleine war. Ich hatte so gute Ideen, die ich niederschreiben wollte. Wie schon so oft bedauerte ich auch diesmal, dass ich nicht stenografieren konnte, dann hätte ich meine Gedanken schneller notieren können. Na ja, ich hatte als Teenie die Kurzschrift schon mal gelernt, aber meistens konnte ich hinterher mein eigenes Stenogramm nicht mehr lesen. Es war mir immer schwergefallen, die vielen Kürzel im Gedächtnis zu verankern.

So saß ich am Ufer und war total in Gedanken versunken. In meinem Kopf manifestierte sich eine neue Geschichte mit interessanten Personen. Sicherlich inspirierten mich meine Reise und der Aufenthalt hier in dieser wunderschönen alten Stadt. Irgendwie hatte ich die Zeit vergessen, als jemand neben mir stand. Erschrocken schaute ich an zwei sehr langen, knackig braunen Beinen hoch. Es war Jassy. „Ich wollte dich abholen, damit du nicht noch zur Pension laufen musst", sagte er lächelnd. Ich bedankte mich für diese Aufmerksamkeit und wollte sogleich meine Habseligkeiten einpacken. Aber er zog sich wortlos bis auf die Badehose aus und rannte ins Meer. „Möchtest du nicht mitkommen, das Wasser ist herrlich und es erfrischt so." Eigentlich hatte ich nicht mehr vorgehabt, noch mal zu schwimmen, denn mit einem nassen Badeanzug wollte ich nicht nach Hause gehen. Dann folgte ich ihm doch. Er tauchte auf mich zu und lächelte. Dabei strich er sich über seine nicht mehr vorhandenen Haare. Dies musste noch ein Reflex aus früheren Zeiten gewesen sein.

Ohne die anderen, nur mit ihm alleine, entstand für mich mal wieder eine beklemmende Situation. Da ich nicht so der geborene Smalltalker bin, fiel es mir schwer, eine belanglose Konversation mit ihm zu führen. Daher schwamm ich vom Ufer weg ins Meer. Er folgte mir und war natürlich viel schneller als ich. Kraftvoll zog er an mir vorbei. Da ich seit Jahren an der Seite eines betagten Mannes lebe, sprach mich sein durchtrainierter Körper mehr an, als mir das eigentlich lieb war. Ja, ich gebe zu, dass mich mein Kopf Kino doch sehr verunsicherte. Zu meiner Entschuldigung möchte hier erwähnen, dass ich schon während meiner Ehe oft das Gefühl hatte, an der Seite meines Mannes an einer Frühvergreisung zu leiden, aber wenn mich ein durchtrainierter Männerkörper gegenwärtig doch noch unruhig machte, na, da war noch nicht alles verloren.

Jassy war leider auch nicht der geborene Plauderer, daher stockte unsere Konversation gewaltig. Wäre Angelo dabei gewesen, hätten wir diese Problematik nicht gehabt. Jassy rief mir zu, es sei an der Zeit, dass wir zurückschwimmen sollten, es sei schon sehr spät.

Da er meine Probleme bezüglich der verpfuschten Knie OP kannte und wusste, dass ich oft leicht strauchelte, reichte er mir am Ufer seine Hand. Sie fühlte sich sehr gut an. Sein Griff war fest und angenehm. Es war schon so lange her, dass man mir als Frau und Mensch eine helfende Hand angeboten hatte und daher tat es mir so gut, diese zu spüren. Privat musste ich schon seit Jahren meinem Mann stets eine Stütze sein, ob es mich überforderte oder nicht, es blieb mir keine Wahl. Deshalb genoss ich diesen kurzen Augenblick umso mehr.

Keiner von uns sprach ein Wort. Draußen trocknete er sich ab und zog ein übergroßes Handtuch aus der Tasche mit ägyptischen Motiven darauf. Das Dekor verwunderte mich etwas. Er bot sich an, mir das Handtuch zu halten, damit ich mich darunter umziehen konnte. „Sonst erkältest du dich auf dem Roller". Erst jetzt registrierte ich, dass er mit einer aufgepeppten Vespa gekommen war.

Es war mir natürlich nicht recht, mich hier vor ihm umzuziehen, sei es auch nur unter dem Handtuch. Er umwickelte mich, hielt das Badelaken fest und schaute in eine andere Richtung. Notgedrungen zog ich mich aus und es kam, wie es kommen müsste, als ich mit dem einem Bein aus dem Badeanzug heraus steigen wollte, strauchelte ich. „Das wäre die Krönung, wenn ich jetzt noch mit nacktem Hintern hier am Strand umfallen würde" schoss es mir durch den Kopf. Aber Jassy überging das alles und hielt mich an meiner Schultern fest. Als ich dann diese Aktion überstanden hatte, zog er sich ebenfalls unter dem Handtuch um, aber wesentlich eleganter als ich das gemacht hatte.

Wir packten unsere Sachen. Jassy verstaute das Gepäck auf dem Roller und startete das Teil. Ich hatte vor gefühlten hundert Jahren letztmals auf so einem Ding gesessen und daher stellte ich mich recht dusselig an, bis ich endlich darauf saß. Es gab natürlich keinen Helm – was für mich spießige deutsche Beamtentochter nicht so erfreulich war. „Halt dich gut fest", sagte er und schon fuhr er los – und mein Körper schoss natürlich ohne Halt nach hinten. Zum Glück konnte ich gerade noch den Griff der Sitzbank fassen, sonst hätte ich einen Saldo geschlagen. Ich war aber auch zu blöd. „Halte dich an mir fest, das ist besser für dich" meinte er gelassen, was ich dann auch tat. Es war für mich gewöhnungsbedürftig, diesen fremden Mann zu umarmen, sei es auch nur von hinten.

Jassy fuhr mir zu liebe sehr langsam und ich muss gestehen, dass ich das ganz toll fand, auf einem Roller sitzend den Fahrtwind im Gesicht zu spüren und so einen attraktiven Mann zu umarmen. Einige Damen schauten unterwegs zu uns rüber, als wir in Rethymnon durch die Sträßchen fuhren. Die neidvollen Blicke taten mir gut - sie wussten ja nicht, dass dieser tolle Mann schwul war.

Als wir in der Pension ankamen, traf Angelo fast der Schlag, als er meine Frisur sah. „Ach Liebes, wie siehst du denn aus, so kannst du aber heute Abend nicht mit uns ausgehen!" meinte er und war total aufgedreht, so wie immer. Ehe ich mich versah, führte er mich an dem nackt schlafenden Lars vorbei – was mir mal wieder sehr peinlich war – und ich fand mich in deren Bad wieder.

Dort legte er mich in Beschlag. Typisch Angelo, so wirbelte er wuselig um mich herum und brachte allerlei Lotionen, Festiger, Cremes, Schminkutensilien und die Haarschneideschere. Von letzterer war ich nicht so begeistert. Entschieden wehrte ich mich dagegen, dass er mir die Haare schneiden wollte, denn eigentlich war ich momentan so zufrieden, wie meine Frisur gerade war.

Welch eine Beleidigung war das für Angelo!

Er und Haare verschneiden!

Na da hatte ich ja ins Fettnäpfchen getreten!

Meine einzige Bedingung war dann ganz kleinlaut, dass der Schnitt so sein müsste, dass ich mit dieser neuen Frisur immer noch meine Tücher tragen konnte.

Nicht, dass er nur einmal gefragt hätte, wie ich mir meinen Haarschnitt wünschte, nein - nicht einen Gedanken verschwendete er daran. Ich merkte, wie ein sehr banges Gefühl sich in meinem Herzen breit machte. Angelo arbeitete stark konzentriert an mir herum. Ich fühlte die Schere, dann den Föhn, dann spürte ich seine Hände, die meine geringe Haarpracht durchwühlten. Er kämmte meine Haare mit seinen Fingern nach links und dann wieder nach rechts und vollführte einen Zauber, bis er endlich zufrieden war.

Dann war mein Gesicht dran. Auch hier war ich insgeheim sehr kritisch, denn ich mag es nicht, wenn ich wie ein Papagei aussehe. Nach meinem Geschmack reicht ein dezentes Make-up aus, ein schöner Lippenstift, sowie ein dunkler Augenbrauenstift und Wimperntusche, mehr nicht. Als er mir noch erzählte, dass er eine tolle „Foundation" für mein Gesicht hätte, entgegnete ich total zaghaft, dass das bei der Hitze doch nicht nötig wäre, aber weit gefehlt – Angelo war der Meinung, das sei ein „MUSS" und unbedingt notwendig!

Resignierend gab ich schließlich auf und ließ ihn gewähren!

Aufgeregt, aber sehr achtsam, sprang er noch ein paarmal um mich herum, drückte meine Haare in alle Richtungen, kämmte sie mal nach hinten und dann an die Seite. Schwungvoll folgte ein nicht sehr geringer Hauch Haarspray und endlich ließ er von mir ab und sah mich zufrieden an. „Chipsy, jetzt kommt die Überraschung für dich!" meinte er stolz.

Ja, das Gefühl hatte ich auch, dass das nun für mich eine „Überraschung" werden würde! Hoffentlich kein Entsetzen!

Ich mochte gar nicht die Augen öffnen, aber er hielt mir den Spiegel direkt vor die Nase und wartete auf das, was nun kommen würde.

Und das war wirklich eine Sensation! Die Frau, die mich anschaute, das war nicht ich. Ich sah eine super tolle Frisur - ich wusste gar nicht, dass ich über so viele Haare verfügte. Mit einem Farbfestiger hatte er mir eine Schattierung hingezaubert (da drängte sich mir die Frage auf, wieso er all diese kosmetischen Dinge für Gesicht und Haare für diesen kurzen Trip nach Rethymnon mitgeschleppt hatte?), meine Augen waren nicht mehr klein, sondern schauten mich richtig aussagestark an, meine Haut war glatt wie ein Kinderpopo und meine Lippen prall und schön geschminkt und genau in der Farbe, die ich so liebte. Denn seit Jahren trug ich immer den gleichen Farbton meines Lippenstiftes, da ich die helleren Schattierungen auf meinem Mund nicht mochte.

Ich war geplättet, das sah alles so wunderschön aus. Und vor mir stand mein Angelo mit seinen großen dunkelbraunen Augen und warte auf meine überschäumende Begeisterung. In diesem Moment stellte ich wieder fest, dass er doch sehr Frau war, auch wenn er in einem männlichen Körper lebte. Er konnte fühlen, was einer Frau gefällt. Und genau das war in all den kommenden Jahren auch sein Erfolgsgeheimnis in seinem Salon.

Er gab jeder Frau das Gefühl, die Schönste zu sein!

Vor Rührung konnte ich nichts sagen. Ich hatte Tränen in den Augen und nahm ihn in den Arm: „Danke, das sieht super schön aus, das bin doch nicht ich!" Und er in seiner überschäumenden Art erwiderte: „Doch, das bist du! Weißt du Chipsy, schon als ich dich das erste Mal sah, wusste ich, dass ich aus dir was machen kann!"

Danke, das saß! So genau hatte ich es eigentlich nicht wissen wollen. War ich bisher wirklich so eine hässliche

Eule gewesen? Aber ich kannte ihn mittlerweile ganz gut, er meinte das nicht so. Dann wurde der verschlafene Larsi noch bei zitiert, der leider noch immer nackt war und sich auch so vor mich hinstellte. Befangen schaute ich überall hin, nur nicht auf Lars, als ob ich noch nie einen nackten Mann gesehen hätte. Aber auch er war von dem hingerissen, was Angelo gezaubert hatte.

Ich sah aber auch toll aus!

Total glücklich verabschiedete ich mich. Es war schon spät geworden. Ganz vorsichtig duschte ich mich, damit auf keinen Fall die Frisur und Angelos tolle „Foundation" ramponiert wurde. Mutig entschied ich mich mein neues rotes Kleid zu tragen. Zum Glück hatte ich genügend Klamotten eingepackt, so hatte ich auch für diese Veranstaltung eine gute Auswahl meiner Fummel. In weiser Vorahnung hatte ich vorgesorgt, denn ich wäre kreuzunglücklich gewesen, wenn ich für heute Abend nicht das Passende mitgenommen hätte. In meinem übergroßen Rucksack fand ich noch schöne gewaltige Ohrringe und tatsächlich hatte ich auch einen passenden Schal zur Verfügung. Den legte ich mir um die Schultern. Gut, die Schuhe waren jetzt nicht der Kracher und auch nicht die Handtasche, aber ich konnte ja schließlich nicht alles mitnehmen, was ich noch im Hotelzimmer deponiert hatte.

Es gibt ein Auge der Seele.
Mit ihm allein kann man
die Wahrheit sehen!

Platon

Kapitel 9

Meine vier Begleiter warteten geduldig unten am Haus auf mich. Als ich die Treppe herunterkam, fühlte ich mich wie ein Star auf dem roten Teppich. Alle waren begeistert und fanden, dass ich toll aussehe und am lautesten war mein Angelo mit seiner Lobeshymne zu vernehmen. Ich war in diesem Moment so unsagbar glücklich. So konnten auch nur schwule Männer einer Frau das Gefühl geben, dass sie etwas Besonderes ist. Aber auch Angelo und Lars waren besonders chic. Jassy und Geórgios hatten sich allerdings für ihr übliches Out fit entschieden. Ich war darüber etwas enttäuscht, denn irgendwie passten wir fünf vom Out fit her nicht zueinander. Schade!

Langsam gingen wir den Weg zum Hotel und wie konnte es anders sein, prompt hatte ich mir auf der kurzen Strecke eine Blase gelaufen. Ich musste anhalten und wollte mir schnell ein Pflaster drauf kleben. Seltsamerweise war ich mal mit diesem Utensil ausgerüstet. Natürlich eierte ich wieder rum, da ich so schlecht auf einem Bein und schon gar nicht auf dem operierten stehen kann. Als mir Jassy dabei behilflich sein wollte, war mir das sehr unangenehm und peinlich. Aber er ließ nicht locker, er verarztete meinen Fuß und dann gingen wir weiter.

Das Hotel war wunderschön. Von der sehr großen Terrasse aus konnte man direkt ins Meer sehen. So wie das aussah, war hier wohl eine größere Veranstaltung geplant. Die Plätze waren gut gefüllt. Freundlicherweise hatte man für uns einen gemeinsamen Tisch reserviert.

Jassy und Geórgios waren verschwunden und ich war mit meinen beiden Freunden alleine. Immer wieder tätschelte Angelo meine Hand mit der Bemerkung: „Chipsy; wie toll du heute Abend aussiehst mit deinem roten Kleid!"

Ja, ich fühlte mich auch wie eine Prinzessin, zwar etwas alt dafür, aber was soll's.

Sofort entwickelte sich zwischen uns dreien eine lebhafte Unterhaltung. Angelo erzählte von seiner Heimat. Als er noch ein kleiner Knirps war, übersiedelte er mit seiner großen Familie nach Deutschland. Total ungewollt stellte sich mir die Frage: „Noch kleiner als er heute ist?" Sorry das war bösartig von mir!

Für mich war alles sehr interessant, was er berichtete, denn durch ihn lernte ich die Problematik der Gastarbeiterkinder in Deutschland erstmals richtig kennen. Nicht alles war für diese Kinder so easy, wie es vielleicht den Anschein hatte.

Dann begann die Musik zu spielen. Da ich mit dem Rücken zu den Musikern saß, war mir bisher gar nicht aufgefallen, dass dort eine kleine Bühne aufgebaut war, auf der ein Klavier stand. Erst als ich den Sänger mit einer wunderschönen Schmusemelodie hörte, drehte ich mich um und ich glaubte nicht, was ich da sah. Das war also der geschäftliche Termin von Jassy und Geórgios. Beide Herren trugen total seriöse dunkle Anzüge, sie sahen richtig gut darin aus, zwar ungewohnt, aber elegant. Geórgios saß am Klavier und Jassy sang. Die Zärtlichkeit in seiner Stimme und, dass er so verträumt und gefühlvoll diese romantischen Lieder darbot, das hätte ich diesem eher introvertiertem Mann niemals zugetraut.

Jassy begrüßte die Gäste auch im Namen von Geórgios und erläuterte, dass die ersten Songs dieses Abends einigen leider schon verstorbenen Künstlern gewidmet seien.

Es war eine Huldigung dieser unvergessenen Menschen!

Zu Beginn verwöhnten sie uns beide mit Songs der Bee Gees „Too Much Heaven" und „Alive". Jassy gab sein Bestes, während Geórgios in die Tasten haute. Es folgte wieder von Jassy gesungen „Image" von John Lennon und eine besondere Hommage an Sinéad Ò Connor, mit dem einmaligen „Nothing Compares". Es schien beiden ein großes Bedürfnis zu sein, diese Sängerin, die an ihrem Leben zerbrach, zu ehren. Im Anschluss verzauberte Jassy die Gäste mit „Hare Krishna" von Georg Harrison mit „China Girl" von David Bowie.

Dann war Geórgios an der Reihe. Er versuchte an Joe Cockers Darbietung mit dem Song „With a little help from my friends" und „You are so beautiful" , heranzukommen, was ihm aber nur mit Abstrichen gelang. Dafür entschuldigte er sich sehr verlegen. Aber das Publikum honorierte diesen Song mit tosendem Applaus. Erleichtert verbeugte er sich. Anschließend verwöhnte er die Urlauber mit dem Ohrwurm von Falco „Rock Me Amadeus" mit tollem, sehr urwüchsigem österreichischen Schmäh. Wieder tobten die Gäste! Mit dem Song „Feel I'm goin' back to Massachusetts" von den Bee Gees beendeten sie die Ehrenbezeugungen dieser unvergesslichen Stars. Dann ging es weiter im Programm.

Nach einer Klaviereinlage von Geórgios stimmte er den Song von Andreas Gabalier „Amoi seg' ma uns wieder" mit seinem so bezaubernden Akzent an und als Jassy sich Geórgios anschloss und sie gemeinsam den Sänger von Unheilig mit „Geboren um zu leben" ehrten, waren einige der Gäste sehr aufgewühlt, denn sicherlich hatte der eine oder andere einen lieben Menschen zu betrauern.

Beide sangen diesen Song so voller Gefühl, dass man ihnen jedes Wort glaubte. Mir liefen die Tränen die Wangen herunter, während Angelo laut und hemmungslos schluchzte. Was ging in unseren beiden Freunden vor, dass sie sich so emotional verhielten?

Ich sollte es später noch erfahren.

Das Publikum belohnte beide Künstler mit Standing Ovation!

Als beide die kleine Bühne verließen, schauten sie sich vielsagend an.

Nur Angelo und Lars konnten diesen Blick deuten, sie wussten warum! Ich erfuhr erst einige Monate später den Grund.

Geórgios und Jassy waren auch hier ein eingespieltes Team, nicht nur in der Galerie und im gemeinsamen Leben. Im ersten Teil des Abends trugen beide zu ihren dunklen Anzügen weiße Hemden und Fliegen. Ich hätte es nie für möglich gehalten, dass solche konservativen Kleidungsstücke in deren Fundus zu finden waren. Was ich als noch erstaunlicher empfand, war die Tatsache, dass Geórgios tatsächlich seine roten Schuhe mit schwarzen getauscht hatte. Diese Geste sah ich als seine Ehrerbietung für diese wohl einmaligen Künstler an!

Nach ein paar Minuten kamen beide in ihrer legeren Kleidung zurück und Geórgios natürlich in seinen geliebten roten Schuhen.

Und jetzt ging die Post ab! Sie begannen mit Jürgen von der Lippe „Guten Morgen liebe Sorgen...", na da brach Hölle los, jeder schmetterte das Lied begeistert mit. Dann wurde es wieder etwas dezenter mit den Songs von Heinz Rudolf Kunze, dem Literat unter den Rocksängern und als „Griechischer Wein" von Udo

Jürgens angestimmt wurde, da ging im Publikum die Post ab. Es wurde lauthals mitgesungen und die Gäste prosteten sich mit „ Jamas" zu.

Quer Beet hatten die beiden alles parat, moderne Popp Musik, Rock, Balladen und all das, was die Gäste hören wollten und im Anschluss sang Jassy den Song „Lady in red" und Angelo war der Erste, der es kapiert hatte. Er sprang sofort auf, klatschte mit seinem überschäumenden italienischen Temperament in seine kleinen Händchen und verkündete mehr als laut: „Liebes, hörst du, die meinen dich, hörst du, die meinen dich!". Und zum Publikum gewandt, verkündete er noch lauter, als ob das aufgrund seines grandiosen Organs noch nötig gewesen wäre, dass dieses Lied zu Ehren meines roten Kleides gesungen wurde. Denn der liebe Angelo war der irrigen Meinung, dass er die Auswahl dieses Songs den Anwesenden noch erklären musste, aber er konnte sicher sein, dass auch der letzte Gast es bereits kapiert hatte. „Hört ihr, die meinen meine Chipsy, die meinen sie (er deutete aufgeregt auf mich) - ist das nicht toll?"

Ja, es war toll!

Allgemeines Schmunzeln der Gäste war die Antwort auf seinen emphatischen Ausbruch und auch der letzte Besucher, der es bis jetzt noch nicht begriffen hatte, dass das Lied für mich bestimmt war, der wusste spätestens jetzt, dass eine Dame im roten Kleid auf der Terrasse anwesend war.

Mittlerweile war mein Kopf mindestens genauso rot wie mein Kleid!

Die Gäste um uns herum hatten alle Spaß mit unserem Angelo, da er so aufgelöst war, wegen dieses Liedes. Und egal wer es hören wollte oder auch nicht, berichtete Angelo euphorisch in der ihm eigenen unbeschreiblich süßen Art, dass „er" mir für heute Abend die Haare und das Make-up so toll gezaubert hatte. Viele der Gäste beglückwünschten ihn zu dieser tollen Frisur und unser Angelo war darüber so unsagbar selig. Er lächelte beglückt in die Menge, strich dabei immer wieder über seinen kleinen Oberlippenbart. Angelo sah aber auch so süß an diesem Abend aus mit seinem glückstrahlenden Gesichtchen, den dunklen Kirschenaugen, dem leuchtenden Blick und seinem tollen Outfit.

Er hatte seine pechschwarzen Haare kunstvoll gestylt, der schwarze Anzug war elegant und trotzdem hipp, alles passte zu ihm. Um sein Bäuchlein trug er zu Ehren des Abends einen „Kummerbund", der recht prall saß. Dazu hatte er eine schwarze Fliege und ein knallrotes Einstecktuch gewählt. Er sah aber auch so süß aus, unser Kleiner.

Es war so ein wunderschöner Sommerabend! Die Veranstaltung war total gelungen, das Publikum war ausgelassen und besonders guter Stimmung. Beide Musiker passten sich dem Geschmack des Publikums an. Aufmunternd forderte Geórgios nun die Gäste zum Tanz auf.

Sofort sprang Angelo auf und wollte sich auf mich stürzen. Aber ich wehrte mich vehement. Nein, diesmal war ich auf keinen Fall bereit, seinem Drängen nachzugeben. Ich wollte und konnte vor allen Dingen wirklich nicht gut tanzen und ich hatte keine Lust mich heute Abend zum Gespött der Besucher zu machen.

Betrübt setzte sich Angelo wieder hin. Der arme Kerl war über meinen Korb sehr enttäuscht und daher schmollte er überaus affektiert. Aber diesmal konnte er mich nicht umstimmen. Beleidigt und sehr theatralisch lebte er, wie immer, seinen Weltschmerz aus. Bühnengerecht schaute er leidend mit einem tieftraurigen Blick auf den Boden und gleichzeitig prüfte er durch seine langen Wimpern, ob ich es auch bemerkt hatte, wie verletzt er war. Ja, ich hatte es bemerkt, ich war ja nicht blöd, aber ich gab nicht nach. Er musste auf mich verzichten.

Lars war mittlerweile stinkig auf ihn, da er sich wieder so exaltiert verhielt. Zum Glück stand eine junge blonde Frau auf und bat Angelo um einen Tanz. Ich habe selten ein süßeres Paar zusammen auf der Tanzfläche gesehen, als diese beiden. Sie war mehr als einen Kopf größer als er, hatte lange blonde Haare und einen sehr zarten Körper. Aber trotz des Größenunterschiedes tanzten sie himmlisch zusammen. Angelo bewegte sich wie eine Feder und das mit diesem Taillenumfang! Er führte diese junge Frau wie ein Vollprofi über die Tanzfläche.

Beide schwebten mehrere Runden über das Parkett. Sie waren nicht zu halten. Als Geórgios und Jassy dann endlich rockten, na da war unser Kleiner überhaupt nicht mehr zu bremsen. Mir war und ist bis heute nicht klar, wie ein Mensch sich so gewandt und leichtfüßig bewegen kann, der Angelos Kuhle zu tragen hat.

Er tanzte wie ein junger Gott.

Das Publikum applaudierte begeistert den beiden und mittlerweile waren sie auch nur noch alleine zu bewundern. Egal ob es ein Tango war, ein Fox oder sonst was, Angelo und seine Partnerin beherrschten alles. Sie bewegten sich in einer Harmonie, die erstaunlich war. Schließlich reichte Angelo dieser jungen Frau nur bis zur Brust, die ein schönes und sehr tiefes Dekolleté krönte. Oft sah es so aus, als ob er mit seinem Gesichtchen darin versinken würde. Ich bin sicher, dass das nur ein schwuler Mann so leger handhaben kann, zwei solche knackigen weiblichen Rundungen ständig vor Augen zu haben.

Man sah beiden an, welche Freude sie an diesem Abend miteinander hatten. Angelo, mit seinen kleinen Beinchen, war wie ein Wiesel so flink. Er führte diese junge Dame perfekt. Sie spürte sofort, welche Schritte er plante. Er drehte bei allen Körperbewegungen - ob langsam oder schnell - seinen kleinen Männerpopo grazi-ös und anscheinend war niemals sein Bäuchlein im Weg.

Geórgios und Jassy passten sich den beiden an und spielten genau die richtige abwechslungsreiche Musik für sie. Waren die Takte langsam, schwebten Angelo und diese Frau schier über das Parkett, kam wieder etwas schnelles, so waren beide in ihrem Element und bei Rockmusik, da drehten sie fast durch.

Nach gefühlten zwei Stunden machten die Musiker eine Pause und das total erschöpfte Paar nahm Platz. Sie wurden vom tosenden Beifall des Publikums begleitet! Und Geórgios und Jassy spielten ihnen zu Ehren einen Tusch!

Die junge Frau kam zu uns an den Tisch und schwärm-te, dass sie noch nie im Leben so wundervoll mit einem Mann getanzt hätte. Angelo würde sich traumhaft be-wegen, was sicher Balsam für die Seele unseres Lieb-lings war. Unser Kleiner war so selig und verschwitzt, wie bestimmt selten in seinem Leben. Aber die Haare, die rabenschwarzen, die waren so gut gestylt, dass die Frisur auch nach diesen akrobatischen Übungen noch immer perfekt saß.

Nach einer kleinen Pause ging es dann mit den Darbie-tungen weiter. Wieder stürmten Angelo und seine Part-nerin die Tanzfläche und es war wie vorher. Sie wirbel-ten und drehten sich elegant und sexy. Und ganz zum

Schluss klatschte Angelo in seine Hände und machte einen Saldo-Überschlag und das mit diesem Umfang!

Die Musik hörte schlagartig auf zu spielen, denn Geórgios und Jassy bejubelten Angelo lautstark.

Erneut gab es eine Tanzpause und danach waren Angelo und diese junge Frau total fertig, sie hatten sich richtig verausgabt. Er begleitete die junge Dame zu ihrem Tisch und verabschiedete sich mit einem formvollendeten Handkuss von ihr.

Wieder tobten die Gäste!

Es war sein Abend!

Unser Kleiner war der Liebling des Publikums!

Die Abendgesellschaft bestand tatsächlich fast nur aus deutschen Gästen, was nicht zu überhören war. Alle regionalen Gebiete meiner Heimat waren zu vernehmen, aber die Bayern, die waren akustisch am stärksten vertreten. Und als ob es an diesem Abend keine Steigerung mehr geben könnte – sie gab es dennoch.

Denn Geórgios begann auf bayrisch zu singen. Ich dachte, ich höre nicht richtig. Er hatte Songs von Konstantin Wecker ausgesucht und er konnte ihn so toll imitieren, dass das Publikum johlte. Sein bayrisch war mehr als perfekt. Er rollte das „R" wie ein echter Bazi und schwitzen konnte er ebenso wie Konstantin Wecker! Ich habe in meinem ganzen Leben noch nie einen Griechen gehört, der so perfekt bayrisch sprach wie Geórgios. Daher war das Publikum auch außer Rand und Band.

Er begann seine Parodien mit dem „Zupfgeigenhansel" und schon da waren die Gäste total aus dem Häuschen. Als er aber noch „Bella Chiao" sang, dann hielt es niemand mehr auf den Sitzen. Die Leute klatschten und trampelten, so super gut kamen diese Songs bei den Urlaubern an. Besonders bei den Bayern.

Dieser Abend war und blieb einer der schönsten, die ich in meinem ganzen Leben erleben durfte.

Nach Beendigung der Veranstaltung und nachdem Jassy und Georgiers geduscht und sich umgezogen hatten, gingen wir alle nach Hause. Aber unterwegs war es uns ein Bedürfnis, noch in einer Bar einzukehren. Die Erfolge von den beiden und selbstverständlich auch von unserem Angelo mussten gefeiert werden. Der Ouzo floss und mit einem lauten „Jamas" stießen wir immer und immer wieder an. Sicherlich hörte man unseren Trinkspruch in der ganzen Stadt, denn wir waren echt gut drauf. Als es dann an der Zeit war, gingen wir nicht gerade leise nach Hause und freuten uns auf eine gute Nachtruhe.

Aber weit gefehlt, das wurde für mich noch eine aufregende Nacht, denn kaum hatte ich mich ins Bett gelegt, da pochte es wie wild an meine Tür. Als ich vorsichtig öffnete, stand mein kleiner Angelo Tränen überströmt nur in Unterhosen vor mir. Seine behaarte Brust war nicht bedeckt. Er fragte gar nicht, ob er zu mir kommen durfte, nein, er war schon in meinem Zimmer, ehe ich die ganze Situation richtig kapiert hatte. Dramatisch warf er sich auf mein Bett und weinte hemmungslos. Es dauerte lange, bis ich überhaupt von ihm erfuhr, was passiert war. Ich hatte das Gefühl, dass eigentlich gar nichts Gravierendes vorgefallen und es schien, als ob Angelo nur tierisch eifersüchtig war. Aber was heißt schon „nur"! Eifersucht tut so entsetzlich weh und lässt mangelndes Selbstwertgefühl und Minderwertigkeitskomplexe zu Tage treten. Nicht umsonst gibt es den Spruch: „Eifersucht ist eine Leidenschaft, die mit Eifer sucht, was Leiden schafft!"

Warum und auf wen er so schmerzlich reagierte, das war mir nicht klar.

Schnell holte ich ein Taschentuch, damit er seine Tränen trocknen konnte. Sonst fiel mir zuerst nichts Passenderes ein, denn ich hatte im Umgang mit weinenden Männern nicht so viel Erfahrung. Danach nahm ich ihn tröstend in den Arm und streichelte ihm beruhigend über seine noch immer knallharte Frisur. Es schien im gutzutun. Endlich konnte er sprechen. Stockend, mit schniefender Nase erzählte mir, dass Lars ihn nicht mehr lieben würde!

Jawohl, sein Larsi liebte ihn nicht mehr!

Und schon waren wieder alle Schleusen geöffnet!

Endlich gelang es mir, Licht ins Dunkle zu bringen. Behutsam fragte ich Stück für Stück nach, wie es denn dazu gekommen sei, zu seiner Vermutung. Dann jammerte er unter dicken Tränen, dass Lars schon immer nur auf große und schlanke Männern gestanden hätte und er sei ja nun mal klein und dick. Er hätte ganz genau an diesem Abend gesehen, wie Lars den Jassy mit Blicken „ausgezogen" hätte, ja genau diese Formulierung benutzte er. Innerlich musste ich lachen, denn es war offenbar in schwulen, wie auch in heterosexuellen Beziehungen immer das gleiche: „Eifersucht vernebelt die Sinne".

Ich versuchte ihn zu beruhigen und meinte, dass wir und auch alle Gäste im Saal an diesem Abend Geórgios und Jassy auf der Bühne bewundert hatten, nicht nur Lars. „Und dann wurdest du ja auch so gefeiert, als du so toll mit dieser Blondine getanzt hast. Da hätte Lars ja auch eifersüchtig sein können, da du den ganzen Abend dieser fremden Frau mit diesem sagenhaften Dekolleté gewidmet hast".

Und liebe Leserinnen und Leser, Sie werden es nicht glauben, denn seine Antwort darauf war: „Aber Liebes, ich stehe doch nicht auf Frauen, das weiß mein Lars doch!" Dabei putzte er sich äußerst geräuschvoll seine Nase.

Bedauerlicherweise waren meine Bemühungen nicht auf fruchtbaren Boden gefallen. Ich versuchte ihn weiterhin zu beruhigen, was mir aber nicht immer gelang. Oft zeigte er sich vernünftig und ich konnte seine Zweifel zerstreuen und immer wenn ich dachte, jetzt geht er zu Lars zurück, dann kam der nächste Zusammenbruch und er weinte hemmungslos. Er bat mich, dass er heute Nacht bei mir schlafen dürfte. „Ach du meine Güte" dachte ich so bei mir, „auch das noch!"

Aber was sollte ich machen, ich stimmte ihm zu!

Müde legte ich mich zu ihm ins Bett und er wimmerte noch immer vor sich hin. Endlich wurde er ruhiger. Arm in Arm liegend besprachen wir von Frau zu Frau, wie das so ist mit der Liebe, und er schwärmte mir vor, wie und wo er Lars kennengelernt hatte. Jedes Wort war voll von seiner großen Liebe zu seinem Partner. Ich nahm ihn fester in meinen Arm und bat ihn, es wenigstens zu versuchen, ob er einschlafen kann. Er meinte vehement und sehr theatralisch: „Ich kann bestimmt „niemals" wieder gut schlafen ohne meinen Larsi!"

„Mein Gott, der ist ja zickiger als jede Frau", dachte ich verzweifelt.

Erneut streichelte ich ihn liebevoll. Es war gar kein Problem für mich, so zärtlich zu ihm zu sein, denn ich sah in ihm keinen Mann, sondern eine gute Freundin. Beruhigend redete ich auf ihn ein, dass er so ein wunderbarer Mensch ist und sein Lars ihn sicherlich sehr liebt. Er habe das alles heute Abend nur falsch gedeutet. „Weist du Angelo, ich habe dich auch sehr lieb und so ergeht es uns allen", versuchte ich ihm zu erklären und es fiel mir ganz leicht, das in Worte zu fassen. Normalerweise kann ich solche Gefühle nicht so gut kundtun, aber bei ihm war es für mich kein Problem. Daraufhin rutschte er noch dichter an mich ran, legte sein kleines Speckhändchen auf meine Brust und meinte doch sehr tröstlich, dass er mich auch ganz Doll lieb hätte.

Jetzt war es mir doch etwas viel geworden, als er mir nun auch noch seine Hand auf meinen Busen legte. Aber meine Befürchtungen waren umsonst. Er sah in mir bloß eine Freundin und suchte durch diesen sehr engen Körperkontakt nur Schutz und Zuwendung bei mir.

So langsam war ich ratlos, wie ich ihn auf Dauer besänftigen konnte und dass er endlich wieder zu Lars gehen würde. Zum Glück fiel mir eine kleine Geschichte ein und ich erzählte ihm von einem Fisch, den es im Roten Meer in Ägypten gibt. Dieser lebt sein ganzes Fischleben immer nur mit einem Partner zusammen und wenn einer der beiden stirbt oder umkommt, dann verweigert der verbliebene Gefährte die Nahrung so lange, bis er auch entschläft. Als ich merkte, dass er darüber nachdachte, fügte ich dann noch ganz behutsam hinzu: „Siehst du Angelo, das ist Liebe, das würde kein Mensch für seinen Partner machen!" Erlöst bemerkte ich, wie er sich langsam entkrampfte und dann einschlief.

Auch ich war tot müde. Endlich konnte ich mich entspannen und in Ruhe darüber nachdenken, was für ein

besonderer Tag das heute war. Was ich alles hatte erleben dürfen, das war schon ein Traum und nun lag ich
mit einem temperamentvollen Südländer - ohne Sex - im
Bett.

Der Kluge lernt aus allem
und von jedem,
der Normale aus seinen Erfahrungen
und der Dumme weiß alles besser!

Sokrates

Kapitel 10

Am nächsten Morgen schlug Angelo seine dunklen Augen auf und lächelte mich an. Vorbei war sein großer Schmerz vom gestrigen Abend. Die Nacht hatte seine Tränen getrocknet und seinen Schmerz verblassen lassen.

Wir gingen zum Frühstück, wo uns der Rest der Clique bereits erwartete. Etwas schuldbewusst setze sich Angelo neben Lars und schaute ihn unsicher an. „Na Kleiner, geht es dir heute besser? Hattest du mal wieder deine Tage?" fragte Lars und küsste ihm zärtlich die Wange. Zu mir gewandt meinte er: „Inga, du Ärmste, hast du alles gut überstanden? Wenn Angelo seinen Weltschmerz hat, dann muss er diesen ausleben, sonst wird er krank."

Alle schmunzelten, sie kannten das wohl von Angelo schon. Aber erstmals fühlte ich mich als Frau im Kreise dieser Männer unverstanden und auch verärgert, denn warum musste man seine Tage haben, wenn man unglücklich war? In meinen Augen hatte kein Mann das Recht uns Frauen deshalb zu belächeln oder gar zu verurteilen, da diese Dreibeiner überhaupt nicht nachvollziehen können, wie sehr wir in diesen Tagen leiden. Ich war kurz davor das auch so kund zu tun, aber Angelo rettete mal wieder in seiner unvergleichlich liebenswerten Art die Situation. „Ach meine Süße, du bist der einzige Mensch, der mich wirklich versteht", flüsterte er und hauchte mir ein Küsschen zu. In diesem Augenblick fühlte ich mich zu Angelo so sehr hingezogen, da scheinbar wirklich nur ich, unter all den Kerlen, seinen Weltschmerz nachvollziehen konnte. Wir sind anscheinend wirklich seelenverwandt oder liegt es daran, dass die weibliche Seite meines schwulen Freundes mir als Frau so vertraut ist?

Eifrig kauend erzählte Angelo seinem Lars meine Geschichte von gestern Abend, mit dem Fisch, der nicht weiter leben will, wenn sein Partner stirbt. Und als ob es nicht anders hätte sein können, setzte er noch einen typischen Angelo Spruch zum Schluss drauf: „Weißt du Larsi, ich liebe dich ja sehr, aber wenn du mal stirbst, dann möchte ich schon noch weiter leben".

Wir wussten alle nicht, wie wir mit Angelos Aussage umgehen sollten, aber Lars kommentierte die etwas sonderbare Äußerung seines Partners total liebevoll: „Mein süßer Angelo, das wollte ich auch nicht, dass du mal mit mir sterben sollst. Ich wünsche dir von Herzen, dass du nach mir wieder einen Mann an deiner Seite hast, mit dem du lachen kannst und der für dich da ist und mit dem du glücklich bist". Liebevoll streichelte er über Angelos glückliches Gesichtchen.

Wir anderen am Tisch senkten etwas betroffen unseren Blick, denn jeder von uns wünschte sich in diesem Moment auch so einen liebevollen und verständnisvollen Partner.

Nach dem Frühstück planten wir alle schwimmen zu gehen. Jassy hatte einen offenen Jeep, sodass uns die Fahrt zum Strand in der schon gewaltigen Tageshitze nicht so belastete.

Zwar mussten wir richtig eng zusammen sitzen, aber es war ja nicht weit. Eine wunderschöne Bucht erwartete uns. Das Ufer war teilweise mit hohem Schilfrohr umsäumt. Es sah so wunderschön aus, als sich die Halme geschmeidig im Wind bewegten. Natürlich musste ich das zuerst fotografieren, wie konnte es auch anders sein.

Jassy und Geórgios waren schon im Wasser und schwammen trotz der Wellen weit hinaus. Sie waren es gewohnt. Angelo und Lars warteten noch etwas zögerlich am Strand, bis Lars sich endlich in die Fluten stürzte. Aber er schwamm nicht so weit raus, wie seine Freunde. Ich glaube, er hatte Angst um seine frisch gestylte Frisur.

So stand nur noch Angelo am Strand und schaute den Freunden nach, als ich mich endlich auszog. In dem Moment, als ich mein Kleid über den Kopf gezogen und ich den Blick frei hatte, dachte ich, ich sehe nicht richtig. Denn mein geliebter kleiner Angelo stand vor mir in einem eng anliegenden einteiligen Badeanzug, tiefschwarz, vorne mit großem Ausschnitt, sodass seine behaarte Brust dominierte. Durch das sehr enge Teil waren natürlich auch seine Mannespracht und sein nicht sehr dezentes Bäuchlein mehr als deutlich präsent, aber das schien ihn nicht zu stören. Ich verstand gar nicht, dass keiner der Männer lachen musste, als Angelo sich in diesem unmöglichen Ding von Badeanzug präsentiert hatte. Ehrlich geschockt über dieses Outfit, musste ich wegsehen, sonst hätte ich schallend gelacht, so komisch sah er aus. Wie ein Schwimmer aus längst vergangenen Zeiten stand Angelo vor mir. Dazu hatte er seine Daumen in die langen Träger gewickelt. „Lieber Gott, gibt es denn wirklich noch solche Ungetüme als Badekleidung? Er sieht ja aus wie ein Kerl aus der preußischen Epoche, nur die Pickelhaube fehlt noch!", dachte ich fassungslos. Erst später wurde mir bewusst, dass Angelo sicherlich mit seinem kleinen Ärschchen und dem dicken Bauch keine Badehose gefunden hatte, die ihm passte.

Völlig ungeniert, ob seines Einteilers, stand Angelo vor mir und war wie immer sehr aufmerksam, was meine Kleidung betraf. Er bewunderte sofort meinen neuen Badeanzug und rühmte im gleichen Atemzug meine – für mein Alter - noch recht passable Figur. Zwar hätte ich sehr weibliche Rundungen, aber alles würde überaus ansprechend aussehen. Da ich diesen Knirps so liebte, konnte ich ihm das Geheimnis meiner Fettabsaugung nicht verschweigen.

Aber - wie blöde war ich denn eigentlich?

Dümmlich und mehr als naiv, hatte ich mir dabei überhaupt nichts gedacht.

Aber das war sträflich!

Denn die Quittung kam postwendend.

Kaum hatte ich ihm mein „Geheimnis" anvertraut, da war es kein „Geheimnis" mehr, denn Angelo stutze, sah an sich runter, lief zum Ufer, wo Lars gerade das Wasser verließ und rief mit seiner sehr lauten Stimme. „Larsi, hör mal, Chipsy hat sich Fett absaugen lassen. Schau doch mal, wie toll sie jetzt aussieht. Das wäre doch auch was für mich, dann hätte ich nicht mehr so einen dicken Bauch und ich würde dir bestimmt noch besser gefallen!"

Betroffen schaute Lars zu mir und sah mein fassungsloses Gesicht. Stinkesauer brüllte er Angelo an: „Wie kannst du so etwas ausposaunen, wenn Inga dir das im Vertrauen erzählt hat. Du bist total taktlos, ich schäme mich für dich!".

Er nahm sein Handtuch und bat mich für Angelo um Entschuldigung. Ich nickte ihm dankbar zu und flüchtete ins Meer, denn schlagartig hatte ich das dringende Bedürfnis mich abzukühlen. Mein Herz schlug wie verrückt, ich hätte Angelo ertränken können, so eine Wut hatte ich auf ihn.

Wie konnte ich denn auch so blöd sein, zu denken, dass er so etwas für sich behalten konnte. Skeptisch sah ich zu Jassy und Geórgios rüber, die zum Glück weit vom Ufer entfernt schwammen und das nicht gehört hatten, denn das wäre mir doch sehr peinlich gewesen. Ich hörte noch, wie Lars seinen Angelo immer noch lautstark zusammen faltete, aber der Arme, er konnte die heftige Reaktion seines Partners überhaupt nicht verstehen. Für ihn war das nichts Schlimmes, was er sich da mal wieder geleistet hatte. Aber Lars war nicht zu beruhigen, er verdonnerte ihn dazu, ihm aus den Augen zu gehen.

Mit tief gesenktem Kopf und den Füßen im Sand spielend, verdünnisierte Angelo sich. An diesem Nachmittag hörte man sehr wenig von ihm.

Er war entweder beleidigt oder tief traurig, ich konnte es nicht ergründen. Aber es war mir auch verständlicherweise egal. Denn meine Wut auf ihn legte sich diesmal leider nicht so schnell.

Wenn alle Menschen ihr Missgeschick
auf einen einzigen großen
Haufen legten,
von dem sich jeder den gleichen
Anteil zu nehmen hätte,
die meisten Menschen wären dann froh,
wenn sie ihren eigenen Beitrag
zurückbekommen und
verschwinden können!

Sokrates

Kapitel 11

Die Zeit verflog viel zu schnell. Heute war schon der Tag unserer Abreise. Lars, Angelo und ich mussten zurück nach Heraklion. Vorbei waren die ungezwungenen Tage dieses wunderschönen Aufenthaltes in Rethymnon. Jeden Tag war ich in den frühen Morgenstunden schwimmen gegangen und tagsüber bummelte ich durch die Stadt, um das Flair auf mich wirken lassen. Wehmütig dachte an die tiefgründigen Unterhaltungen zwischen uns, an die Abende am Hafen bei Geórgios Mutter oder in den kleinen Bars in der Stadt.

Alles zog wie in einem Film an mir vorbei!

Noch nie war mir ein Abschied so schwergefallen. Ich konnte es kaum glauben, aber noch vor ein paar Tagen verlief mein Leben total anders. Belastend, erdrückend, ja auch eintönig und fade. So war es nun mal, ich war gefangen in der engen Zwangsjacke meines Alltags, der ich nicht entfliehen konnte.

Aufgrund eines privaten Ereignisses hatte ich vor Jahren Verantwortung übernommen. Damals gab es für mich gar keine andere Entscheidung. Es lag in meiner Schuldigkeit, so zu handeln. Dass dieser Entschluss mich aber die schönsten Jahre meines nicht mehr gar so jungen Lebens kosten würden, konnte ich damals noch nicht erahnen.

Aber nun war alles anders. Wie sollte ich wieder zurück in die Fesseln meiner Ehe und getreu meinen täglichen Verpflichtungen nachkommen?

Geórgios wollte uns fahren, da er in Heraklion noch einige Dinge zu erledigen hatte. Er übernachtete bei uns im Hotel. Es wurde noch ein sehr schöner Abend. Wir saßen alle mit einer guten Flasche Wein bei mir auf der Terrasse, führten wie immer tiefsinnige Gespräche und schauten dabei runter zur Stadt, die sich auch an diesem Tagesende in einem Lichtermeer präsentierte. Bis hier oben hörte man die Musik aus den Lokalen und das Treiben der Touristen.

Es war so eine wunderschöne Stimmung und wir wollten diesen letzten gemeinsamen Abend gar nicht beenden. Etwas trübsinnig bedankten wir uns bei Geórgios für diese herrliche Zeit in Rethymnon. Angelo hatte an diesem Abend besonders nah am Wasser gebaut. Er war so traurig, dass wir nun Abschied nehmen mussten. Aber ich versprach ihm, dass ich in Deutschland Kontakt mit ihm und Lars halten werde. Auch wollte ich mich in dem neuen Salon von Angelo verwöhnen lassen. Das tröstete meinen Kleinen etwas über seinen Abschiedsschmerz hinweg.

Als es an der Zeit war, endlich schlafen zu gehen, weigerte sich Angelo. Traurig kuschelte er sich in meinen Arm und gestand mir unter Tränen, dass er mich jetzt schon vermissen würde. Mir erging es nicht anders. Mein kleiner temperamentvoller Freund würde mir sicherlich mit seiner unbekümmerten Fröhlichkeit sehr fehlen. Dann sprach Lars ein Machtwort und alle verabschiedeten sich.

Am nächsten Morgen ging mein Rückflug. Geórgios wollte mich zum Flughafen bringen. Wieder brachen meine Hemmungen durch, die ich einfach nicht in den Griff bekam. Es fiel mir schon immer schwer, mit einem Mann, der mir imponierte, eine gute Unterhaltung zu führen. Da ich Geórgios in den vergangenen Tagen als einen intelligenten und außergewöhnlichen Mann und Mensch kennengelernt hatte, bekam ich richtig Bammel davor, dass ich mich während einer Unterhaltung nicht adäquat verhalten könnte. Ich wusste partout nicht, wie ich ein ihm ebenbürtiges Gespräch mit ihm führen sollte. Es war seltsam, denn plötzlich war ich Geórgios gegenüber unheimlich gehemmt, da ich nicht den Eindruck erwecken wollte, dummes Zeug zu reden. Darin hatte ich schon immer kein Selbstbewusstsein, denn fortwährend zweifelte ich an mir als Frau und auch oft an meiner Intelligenz. Das waren noch Überbleibsel aus meiner ersten Ehe und solche Prägungen lassen sich nur sehr schwer überwinden.

War mir allerdings ein Mann total gleichgültig, dann plauderte ich einfach drauf los. Die Unbekümmertheit von Angelo wäre mir jetzt angenehm gewesen. Ich war sehr unsicher, wie ich mich Geórgios gegenüber verhalten sollte. Daher wehrte ich mich mit Händen und Füßen dagegen, dass er mich zum Flughafen bringen wollte. Schließlich konnte ich bequem mit dem Transfer der Reiseleitung dort hingelangen.

Aber es ließ nicht locker.

Als ich an der Rezeption stand und mein Gepäck ordnete, brach ein Tsunami los. Angelo fiel über mich her und weinte. Er heulte und schluchzte so jämmerlich, dass auch mir die Tränen kamen. Geórgios erkannte die Notwendigkeit eines schnellen Abschieds, schubste mich in seinen Wagen und fuhr los. Als ich zurückschaute, stand Angelo noch immer weinend im Vorhof des Hotels und schwenkte ein großes Tuch.

In diesem Moment überkam mich eine große Traurigkeit. Mir wurde klar, dass ich eigentlich nicht nach Hause wollte!

Auf der Fahrt zum Flughafen sprach Geórgios nicht viel mit mir, was ich auch als sehr angenehm empfand, denn ich hing meinen Erinnerungen der vergangenen Tage nach und in Gedanken war ich auch schon wieder zuhause und plante meine Pflichten des Alltags. Ganz deutlich merkte ich, wie mir mein Knie wieder schmerzte. Das war doch seltsam, denn den ständigen latenten Schmerz, den ich seit den vielen Jahren nach meiner OP verspürt hatte, war während dieser letzten Tage fast verschwunden. Nur ab und zu erinnerten mich stechende Schmerzen daran, dass ich zu Recht meinen Prozess gegen diese Klinik gewonnen habe.

Automatisch rieb ich mir mein Knie und Geórgios schaute zu mir rüber. „Tut es weh?", fragte er besorgt. Ich nickte. Am Flughafen parkte er und lud mein Gepäck aus. Unsicher stand ich am Auto und reichte ihm zum Abschied verkrampft die Hand, wobei ich auf einen deutlichen Abstand achtete. Sicherlich wollte ich so eine klare Distanz schaffen, in dem ich mich so steif und unnahbar verhielt. Stockend bedankte ich mich für die schöne Zeit bei ihm. Er schaute schmunzelnd auf meine dargebotene Hand und meinte: „Na lass mal, ich bringe dich. Komm wir trinken auch noch eine Tasse Kaffee zusammen, du hast ja noch Zeit".

Ach Mist, genau das hatte ich vermeiden wollen!

Ohne ein Wort über die Menge meines Gepäcks zu verlieren, schnappte er sich dieses, sattelte meinen Rucksack auf seinen Schultern, zog meine beiden Koffer hinter sich her und so gingen wir zur Abflughalle. Schweigsam folgte ich ihm und beobachtete heimlich, wie er, ohne zu murren, alles bewältigte. Da er heute mal nicht ein übergroßes Hemd trug, sondern ein Shirt, fiel mein Blick auf seinen Hintern und ich musste mir eingestehen, dass er in seiner Jeans einen richtigen tollen Knackarsch hatte. Seltsamerweise kamen mir nun auch noch seine wunderschönen Hände in den Sinn, die ich in der vergangenen Woche im Stillen immer bewundert hatte. Plötzlich bemerkte ich aufgrund meiner Gedanken recht seltsame Gefühle in mir aufsteigen. Es ließ sich wohl doch nicht verleugnen, dass ich schon Jahrelang keinen Sex mehr hatte. Diese Erkenntnis machte mich nicht gerade lockerer im Umgang mit ihm.

Mein Flieger ging erst in 2 $\frac{1}{2}$ Stunden. Trotz der Ferienzeit war seltsamerweise kein großer Andrang am Check-in Schalter. Geórgios fragte mich, ob ich einen Sitzplatz im Gang möchte, denn da könnte ich mein schmerzendes Bein besser ausstrecken. Ich nickte und er regelte das schnell in seiner Muttersprache. Ungläubig schaute ich ihn von der Seite an und dachte beeindruckt: „Dass er daran gedacht hatte, dass ich dort besser sitzen würde, als mitten in einer Sitzreihe?"

Geórgios schaute sich um, deutete auf ein Café und nahm mich bei der Hand. Normalerweise mag ich es nicht, wenn ich mit Entscheidungen überrannt werde, aber notgedrungen gab ich klein bei. Er holte uns zwei Cappuccini und wir setzen uns. Wieder trat eine beklemmende Stille ein. „Das hätte er mir und auch sich ersparen können, wenn er gleich nach Hause gefahren wäre", ärgerte ich mich im Stillen.

Aber auch mein Begleiter war anderes als sonst, ich fand, dass er ebenfalls befangen war. Als ob er meine Gedanken erahnte, begann er mit dem Gespräch. Er meinte schmunzelnd, dass Angelo mich in den vergangenen Tagen immer für sich so sehr beansprucht hatte, dass es daher illusorisch war, mit mir alleine eine Unterhaltung führen zu können. Er lachte, als er mir berichtete, dass Jassy und er unseren kleinen Angelo als ein „Verhütungsmittel" tituliert hätten. Einige Informationen über mein Leben in Deutschland zu erfahren, wären schon für ihn sehr interessant gewesen und noch mehr hätte ihm ein Gespräch mit mir bezüglich seiner Kunst bedeutet. Mir wurde der Mund trocken, denn mit der Aussage, dass ihm meine Meinung über seine Kunst wichtig war, hatte ich nicht gerechnet.

Geórgios verstand es, mich geschickt aus der Reserve zu locken und so entwickelte sich ein sehr reges Gespräch. Wir fachsimpelten über seine Skulpturen und so langsam taute ich auf. Erstaunt musste ich feststellen, dass wir in vielen Dingen die gleichen Ansichten hatten und es war sehr angenehm, wie aufrichtig und interessiert er nach meinem bisherigen Leben fragte. Ich hatte keine Sekunde das Gefühl, dass er mich aushorchen wollte. Im Gegenteil, er war so voller Anteilnahme, dass es mir sehr guttat, denn so viel ehrliche Aufmerksamkeit zu meiner Person war ich nicht gewohnt.

Etwas nachdenklich sinnierte er, dass sicherlich unser beider Leben im Alltag nicht so lustig und unbeschwert ist, wie die vergangenen Tage waren. Ich nickte versonnen und hätte ihm gerne etwas mehr davon erzählt, aber dann sah ich auf die Uhr und es wurde Zeit, dass ich zur Flugabfertigung ging.

Er begleitete mich bis zur ersten Kontrolle. Wieder kam für mich diese Unsicherheit auf, wie ich mich von ihm verabschieden sollte? Mit einer Umarmung, mit einem Handschlag oder wie?

Aber Geórgios nahm mir die Entscheidung ab.

Er nahm mich in den Arm und küsste mich!

Nicht auf die Wange, nein auf den Mund.

Ich fühlte seine Lippen auf meinen, roch seine Haut und war außerstande, diesen Kuss zu erwidern.

Ich stand wie gelähmt.

Lächelnd flüsterte er mir ins Ohr: „Inga, ich bin nicht schwul!", streichelte mir noch über die Wange, drehte sich um und ging zum Ausgang.

Wie erstarrt blieb ich stehen, sah ihm wortlos nach und verstand gar nichts mehr. Er drehte sich noch mal kurz um und lächelte mir zu.

Dann verschwand er in der Menschenmenge.

Was war denn das?

Hatte ich mir das eingebildet?

Sollte ich mich so in ihm und Jassy getäuscht haben? Denn so wie die beiden lebten, waren sie in meinen Augen eindeutig ein Paar. Ich hatte einmal eine heftige

Auseinandersetzung der beiden unfreiwillig mit ange-
hört, als sie sich wegen einer Sache stritten. Jassy hatte damals zornig das gemeinsame Zimmer verlassen und
die Wohnungstür hinter sich zugeknallt. Damals dachte
ich noch, na ja, genau wie bei uns Heteros, da fetzt es
auch ab und zu.

Immer noch völlig perplex schaute ich zum Ausgang,
so, als ob ich Geórgios noch mal entdecken könnte.

Ich war völlig verwirrt, denn ich wusste nicht, was ich
von diesem Kuss halten sollte.

Oh mein Gott,
was für mich nicht gut ist,
das versage mir,
auch wenn ich dich darum bitte;
was für mich gut ist,
das gib mir,
auch wenn ich dich
nicht darum bitte!

Sokrates

Kapitel 12

Als ich dann im Flieger saß und der Pilot eine große Schleife über die Insel flog, schaute ich angestrengt hinunter, so, als ob ich Geórgios dort noch hätte erspähen können.

Wie blöd von mir!

Im Nachhinein fiel mir auf, dass ich bei meinem Abflug keine Mohnblumen mehr am Straßenrand gesehen hatte. Anscheinend waren diese schon verblüht. Das passte genau zu dem Termin meiner Abreise, denn auch meine Zeit war hier zu Ende.

So gut es ging, machte ich es mir in den engen Sitzen bequem. Wie immer hatte ich einen Stift und ein paar Bogen Papier dabei und begann einige Dinge für mich zu notieren.

Ich kam mit meinen Gedanken nicht sehr weit, denn plötzlich wurden wir ganz schön durchgerüttelt. Ein gewaltiges Unwetter hatte uns überrascht.

Im Nachhinein kann ich mit Gewissheit sagen, dass sich dieser Flug zu dem unruhigsten meines Lebens entwickelte.

Nicht nur, dass wir durch ein Gewitter flogen, nein das Beben und das auf und ab in mir war schlimmer, als der wirklich stürmische Flug.

Eigentlich habe ich keine Flugangst, aber damals bat ich meine Engel, uns alle zu beschützen.

Was sie dann ja auch taten.

Es sollten noch viele Flüge nach Kreta für mich kommen.

Denn ich hatte mich verliebt!

Und nicht nur in diese traumhafte Insel.

Verleihe meiner inneren
Seele Schönheit,
mögen mein Äußeres und
mein Inneres eins sein.

Sokrates

Kapitel 13

Mittlerweile war fast ein Jahr vergangen. Es war ein wunderschöner Frühling, der uns in Deutschland verwöhnte. Überall blühte der Mohn. Jassy und Geórgios hatten Angelo, Lars und mich in Rosenheim besucht. Seit unserem Abschied am Flughafen herrschte eine große Anspannung zwischen Geórgios und mir. Wir waren im Umgang miteinander sehr unsicher geworden. Da unser Angelo in den meisten Fällen es gar nicht zu irgendwelchen peinlichen Situationen kommen ließ, konnten wir unsere Befangenheit vor den Freunden gut kaschieren.

Nur der skeptische Blick von Jassy bedrückte mich sehr.

Als beide wieder abreisten, hatten Geórgios und ich kein persönliches Wort miteinander gewechselt. Jeder ging dem anderen aus dem Weg. Nach einigen Wochen bekam ich einen Brief von ihm. Er bat mich um eine Unterredung und dazu würde er mit Jassy wieder nach Rosenheim kommen. Ich erhielt Informationen über den Termin und er bat mich zu einer bestimmten Uhrzeit im Hotel zu sein. Dort würde er in der Lobby auf mich warten. Mit Herzklopfen las ich diese Zeilen. Was mich allerdings wirklich störte, war die Tatsache, dass er mich mit keiner Silbe fragte, ob ich zu diesem Gespräch überhaupt bereit wäre und ob ich das auch möchte? Er bestimmte das einfach über meinen Kopf hinweg. Im Normalfall hätte ich sofort dagegen geschossen und ihm einige saftige Zeilen geschrieben, aber ich wusste, oder besser gesagt, ich hoffte, dass er das nicht so meinte, wie es den Anschein hatte.

Verfiel ich schon wieder in meine alten Schemata?

Denn je älter ich werde, umso weniger komme ich mit herrischen Männern klar. Aber ob er auch wirklich dominant war, konnte ich mit Sicherheit nicht sagen, denn ich war während meines Urlaubs oft Zeuge davon geworden, wie liebevoll sein Umgang mit Jassy war. Vielleicht sollte ich dieses forsche Vorgehen von ihm nicht überbewerten. Ich schickte ihm kurz eine Mail, dass ich mir das Treffen einrichten könnte. Alles sollte unverbindlich klingen. Er musste ja nicht merken, wie aufgeregt ich jetzt schon war.

Daraufhin entwickelte sich ein sehr schleppender E-Mail Kontakt zwischen uns. Er antwortete immer erst nach Tagen und ich musste mich gewaltsam zurückhalten, ihn nach seinen Mails nicht immer sofort zu kontaktieren. Er sollte schon das Gefühl haben, dass ich nicht so hüpfen würde, wie er es gerne hätte.

Dann kam der Tag unserer Verabredung. Wie es nun mal so meine Art ist, wusste ich mal wieder nicht, was ich anziehen sollte. Nichts schien mir gut genug zu sein. Zu Hause hatte ich leider wieder etwas an Gewicht zugelegt und ich versuchte noch schnell, ein paar Tage vor unserem Date, etwas Speck zu verlieren.

Warum war ich denn so aufgewühlt?

Da war doch nichts? Der kleine Kuss? Ich war doch kein junges Mädchen, dass mich dieser Mann mit seinem Kuss am Airport so aus den Pantinen kippen konnte.

Dann war es soweit, ich trat durch den Eingang des Hotels und Geórgios kam mir schon entgegen. Kaum hatte ich ihn erblickt, da verspürte ich schon eine innere Unruhe. Mein Blick fiel sofort auf seine berühmten roten Schuhe. Diesmal waren es allerdings keine Sandalen, sondern Sneakers. Dazu trug er eines seiner mir bereits vertrauten weißen Hemden und die obligatorischen Jeans. Die Haare waren wie immer wirr und er hatte sie leger zusammen gebunden. Die etwas grauer gewordenen Locken sahen zu seiner braunen Haut und seinen sehr wohlwollenden Gesichtszügen verteufelt gut aus. Mit Freude sah ich, dass er mittlerweile zu den Bartträgern zählte. Da ich schon immer eine Schwäche für Männer mit Vollbart hatte, gefiel mir das sehr. Es unterstrich noch mehr seinen dunklen Typ. Alles in allem verursachte er mir mit seiner betonten Lässigkeit Herzklopfen, ob ich es wollte oder nicht! Etliche Damen des Hotels fanden das wohl auch, denn sie schenkten ihm einige Blicke.

Da stand er vor mir - und was nun? Etwas verlegen küsste er mich auf die Wange und führte mich zu einer

Sitzecke. Und wie er wieder roch? So appetitlich. Mir war schon bei unserer ersten Begegnung aufgefallen, dass ihn immer eine gewisse Frische umgab. Und genau das war für mich so wichtig, denn ein Mann, der sich für mich interessierte, der musste gut riechen!

Wir saßen uns gegenüber und ich versuchte krampfhaft ihm einen desinteressierten Eindruck zu vermitteln. Verlegen strich ich immer wieder meine Haarsträhne aus dem Gesicht und über den Stoff meines Kleides. Man brauchte kein großer Psychologe zu sein, um zu erkennen, wie aufgewühlt ich war.

Es fiel Geórgios schwer, mit der Unterhaltung zu beginnen. Das Eisen, das er anfassen musste, war dem Anschein nach sehr heiß. Aber da musste er durch! Ich kam ihm keinen Deut entgegen. Das war meine Retourkutsche auf seine vermeintliche Dominanz. Natürlich hätte ich es ihm schon etwas erleichtern können, aber das wollte ich nicht und außerdem war mir sein Problem ja nicht bekannt, über das er anscheinend mit mir reden wollte. Zu viel Entgegenkommen von meiner Seite aus wäre bestimmt nicht gut gewesen. Sicherlich hätte es ihn bedrängt. Die südländischen Männer waren und sind noch immer voller Stolz, daher hielt ich mich taktvoll und dezent zurück, was für meine ungeduldige, oft ungestüme und besonders undiplomatische Art überaus besonnen war.

Ich sah, wie er sich quälte, wie seine dunklen Augen rastlos hin und her gingen und spürte immer mehr, wie sehr ich ihn wollte!

Ja, so richtig wollte!

Dieses Gefühl hatte ich vor gefühlten hundert Jahren letztmals erlebt.

Er zog mich magisch an!

Eigentlich hatte ich schon vor Jahren diesen Schmetterlingen im Bauch abgeschworen, aber nun musste ich mir eingestehen, dass man nicht gefragt wird, wenn man sich verliebt. Mir wurde schlagartig klar, dass ich das unstillbare Bedürfnis hatte, mit diesem Mann zusammen zu sein. Seine Nähe und seine Ruhe taten mir gut. Ich fühlte mich ihm so verbunden.

Er faszinierte mich.

Obwohl ich ihn an Stunden und Tagen gemessen gar nicht so lange kannte, war er mir doch so vertraut. Seine Präsenz war Balsam für meine Seele, ich fühlte mich so leicht und doch so schrecklich schwer. Ja, es war so, ich wünschte mir tief in meinem Inneren und von ganzem Herzen, mit diesem Mann leben zu dürfen und glücklich zu sein.

Aber was bedeutet das Glück? Welche Wertigkeit hat dieser Begriff in unserem Leben? Sucht man nicht eher das Gefühl der echten Liebe, Akzeptanz und Harmonie in einer Beziehung? Glück, das ist immer nur ein kurzer Moment, oftmals nur ein Bruchteil von Sekunden, ein Blick, eine Empfindung, ein Geruch, ein Erlebnis – und was kommt danach? Dann ist sie wieder da - die Leere, die die Menschen so unzufrieden und rastlos macht.

Meine Gedanken kreisen oft um dieses Thema und ich denke, dass man den Begriff „Glück" überstrapaziert. Es kann nicht immer nur präsent sein, man muss auch die Tiefs im Alltag ertragen können. Daher sehe ich es als wichtiger an, dass zur Liebe auch Respekt, Zuverlässigkeit und Zufriedenheit gehört, in Beziehungen sowie generell im Leben! Denn was nützen die kurzen Momente des Glücks, wenn man danach wieder in einem luftleeren Raum leben muss.

Mir war es immer wichtig, dass auch Ehrlichkeit und Treue in Beziehungen keine Fremdwörter waren und man mir Liebe und Achtung zollt, so wie ich es auch tat. Aber das waren alles Fakten, die ich an meinen Partnern in früheren Beziehungen so schmerzlich vermisste.

Und obwohl dieser Abschnitt über das Glück nun so lang wurde - all diese Gedanken gingen mir in diesen Sekunden durch den Kopf, als er nach Worten suchte.

Geduldig wartete ich auf das, was er mir sagen wollte. Er tat sich so unendlich schwer. Dann endlich konnte er zu sprechen, sehr zögernd, aber immerhin, es war ein Anfang.

Zuerst druckste er sehr leise herum, dann endlich waren seine Worte etwas klarer artikuliert: „Inga, ich brauchte viele Monate, um zu wissen, was ich eigentlich will und was ich auch verantworten kann, dir gegenüber. Ich habe mir alles gut überlegt, ja, ich möchte diesen Schritt gehen. Es ist zwar für mich sehr riskant, dass du meine Wünsche nicht erfüllen kannst, aber ich muss es dich fragen, es muss sein.

Ich kann nicht anders."

Dabei suchte er nach meiner Hand und drückte sie fest.

Wieder stockte er. Nun konnte ich seine Qualen doch nicht länger mit ansehen und ich fragte ihn, allerdings sehr behutsam, ob ich ihm vielleicht behilflich sein könnte?

Aber er schüttelte den Kopf, nein, das war seine Sache.

Ich hatte es richtig gesehen.

Zögernd fuhr er fort: „Ich habe von Lars und Angelo gehört, dass du verheiratet bist und wie problematisch deine momentane private Situation für dich ist. Ich kann auch nicht ermessen, wie sehr du noch in dieser Ehe involviert bist. Mir ist klar, dass dich das jetzt alles sehr erschreckt, aber meine Frage ist wirklich nicht oberflächlich gestellt und glaube mir, ich habe mir es nicht leicht gemacht".

Ein tiefer Seufzer folgte diesem kurzen Monolog, dann fuhr er fort.

„Inga, ich habe mich in dich verliebt und möchte mit dir zusammenleben. Ich wünsche mir so sehr, dass du meine Gefühle erwidern kannst. Es war so eine schöne Zeit damals auf Kreta. Daher frage ich dich, ob du es dir vorstellen könntest, dein jetziges Leben und deine Ehe hinter dir zu lassen, um mit mir nach Kreta zu gehen und dort zu leben?"

Ich fühlte seine Erleichterung.

Endlich war es raus, endlich war es gesagt. Ich spürte, wie schwer ihm diese Worte gefallen waren.

Was aber war mit mir?

Erstarrt, mit großen Augen saß ich ihm gegenüber - nicht fähig mich zu artikulieren.

Besänftigend erhob er sofort etwas pathetisch seine Hände, so als wollte er meine Absage gleich abwehren. „Natürlich wird der Alltag dann anders sein, als das in diesen wunderschönen Tagen mit uns war, das sehe ich schon, aber ich habe mich in deiner Nähe so gut gefühlt, wie selten bei einer Frau. Ich weiß, dass ich am Flughafen ein Feigling war und abgehauen bin, aber damals hatte ich noch Angst vor meiner eigenen Courage."

Noch immer war ich nicht imstande etwas zu erwidern.

Wieder trat eine Stille ein - er suchte nach Worten. Dabei strich er mir zärtlich über mein Gesicht. „Aber ich musste in dieser langen Zeit nach deiner Abreise feststellen, dass du mir gefehlt hast. Ich will jetzt nicht von der großen Liebe schwärmen, das wäre falsch, denn Liebe muss erst wachsen, aber so jung sind wir beide auch nicht mehr, dass wir noch zehn Jahre warten und experimentieren können. Mir ist auch klar, dass du durch meine Aussage am Airport geschockt warst. Sicherlich hast du dich auch von mir verscheißert gefühlt, aber glaube mir, dem ist nicht so. Damals wusste ich nicht, wie du reagieren würdest, deshalb habe ich mich so schnell aus dem Staub gemacht".

Wieder strich er mir zärtlich über meine Wange und mit seinem Daumen über meine Lippen.

„Nach deinem Abflug hoffte ich, alles würde sich normalisieren und ich könnte dich vergessen, aber es war nichts mehr so, wie es vorher war. Jassy hat mich vehement davor gewarnt, diesen Schritt zu gehen, denn ich habe ein sehr großes Problem, mit dem nicht jede Frau leben kann."

Endlich war ich in der Lage etwas zu erwidern, etwas, was mir als eine große Hürde zwischen uns beiden erschien. Äußerst geräuschvoll räusperte ich mich, um dann mit einer leicht piepsigen Stimme zu sagen: „Weißt du, wie alt ich bin? Ich bin mindestens gute sechs bis sieben Jahre älter als du". Er lächelte in seiner unvergleichlichen Art und meinte: „Ich liebe dich als Mensch und Frau und nicht irgendeine Jahreszahl, vergiss es, das ist doch so unwichtig".

Na ja, das war beruhigend von ihm zu hören, aber für mich war das relevant, denn mir war schon klar, dass ich in zehn Jahren eine alte Frau sein werde, während er dann noch immer in der Blüte seines Lebens stehen wird. Und nur um ihm ein paar Jahre zu genügen, bis ich dann eventuell ausrangiert werde, dafür war ich mir zu schade. Zum Glück sagte ich es nicht, denn ich sollte ganz schnell erkennen, dass ein Altersunterschied in der Liebe wirklich nicht von Bedeutung ist.

Gebannt sah ich ihn an und lauschte seiner Stimme, mit diesem herrlichen bayerischen Akzent, den ich an ihm so liebte. Er holte erneut tief Luft und seine Augen suchten nervös einen Halt in meinem Gesicht. Dann begann sehr stockend mit seiner Lebensbeichte. „Inga, ich hatte vor acht Jahren eine Prostatakrebserkrankung und seit dieser Zeit habe ich (Pause – räuspern und noch eine längere Pause) ja, wie soll ich das sagen, sexuelle Probleme - nein, das ist falsch, ich kann mit einer Frau überhaupt keinen Sex mehr haben."

Stille!

Grabesstille!

Mein Herz stolperte, so schnell schlug es!

Damit hatte ich nicht gerechnet!

Mit allem, aber nicht damit!

Noch immer war sein unruhiger Blick auf mich gerichtet. Ängstlich wartete er auf eine Reaktion von mir.

Wie vor den Kopf geschlagen schwieg ich noch immer. Ich war nicht imstande auf sein Geständnis zu reagieren.

Was sollte ich tun?

Wie sollte ich mich verhalten?

Erwartete er Trost von mir?

Ich wusste es nicht!

In so einer Situation war ich noch nie gewesen.

So genau kann ich es heute nicht mehr in Worte fassen, was ich damals dachte, was mir - wie so oft in meinem Leben, in einer rasenden Geschwindigkeit durch den Kopf ging. Aber es waren solche Gedanken, wie: „Endlich mal nicht so ein geiler Bock, der mich als Frau ständig besteigen will. Der auf Reisen jedes neue Bett sofort mit einem Quickie einweihen muss, ob ich das will oder nicht."

Denn zu meinem Leidwesen waren das die Verhaltensweisen all meiner bisherigen Begleiter. Es war nicht nur einmal so, dass ich notgedrungen das über mich ergehen lassen musste, obwohl ich zu diesem schnellen Sex nie Lust hatte. Ich brauchte dazu Gefühl und Wärme und keine flotte Nummer.

Liebe Leserinnen, ich bin mir ganz sicher, dass einige von Ihnen die gleiche Problematik haben oder hatten und ich bin auch davon überzeugt, dass sich viele meiner Geschlechtsgenossinnen dann ebenso verhielten: „Augen zu und durch", nur um keinen Streit aufkommen zu lassen.

Und nun saß da ein männliches Wesen vor mir, den ich so wollte, wie selten einen Mann zuvor und mit dem ich dieses Problem nicht haben würde. Aber gleichzeitig wusste ich nicht, ob ich in meinem weiteren Leben auf den üblichen Sex verzichten konnte, denn ich fühlte ganz stark, dass ich diesen Mann begehrte und mich nach ihm sehnte. Nach seinem Körper, seinen Händen, seinem Mund und nach leidenschaftlichen Nächten mit ihm. Nach seiner Präsenz, seiner Ruhe, seiner Aura. Ich hatte bisher noch nie einen Mann so gewollt, wie ihn und die tiefe Sehnsucht, die ich nach ihm empfand, war ein absolutes Novum für mich.

Warum war das Leben so kompliziert?

Warum?

Endlich löste ich mich aus meiner Starre, nahm seine Hand fest in meine und sah ihn liebevoll an. Ich musste nichts sagen. Er verstand meinen Blick – wie auch in unserem späteren Leben, wir verstanden uns immer ohne Worte.

So war es auch hier.

Ich sah ihm an, wie erleichtert er auf meine Reaktion war und befreit fuhr er fort: „Ich habe in dieser Zeit Jassy im Krankenhaus kennengelernt. Wir lebten damals in München und hatten beide die gleiche Krankheit und das gleiche Problem. Ihm war aufgrund dieser Krebs Erkrankung seine damalige Frau abgehauen und ich verlor meine langjährige Lebensgefährtin, denn sie wollte unbedingt ein Kind haben und konnte, oder wollte ohne Sex nicht leben". (So traurig und bewegend seine Schilderungen auch waren, fiel mir der dumme Spruch meines achtzigjährigen Großvaters ein, der immer sagte: „Herr, du hast mir die Kraft genommen, nimm mir bitte nun auch die Gedanken!")

Betroffen schaute ich zu Boden. Hoffentlich deutete Geórgios diesen Blick nicht falsch.

Er berichtete weiter: „Wir haben beide zum Glück diesen Krebs überlebt! Aber da standen wir nun, zwei Kerle, die dem beraubt waren, was für einen Mann das Wichtigste im Leben ist. Besonders in unserem damaligen Alter, denn wir waren noch nicht mal vierzig Jahre alt und dann noch dieses exorbitante Problem in unserem südländischen Kulturkreis, das war ein wahnsinniges Dilemma für uns!

Wir trösteten uns gegenseitig und mit der Zeit entwickelten wir eine Art Beziehung zueinander und wir wurden die besten Freunde. Wir lebten zusammen und nach außen hin bemühten wir uns den Eindruck zu erwecken, dass wir schwul waren. So war das Problem „Frauen" wenigstens in unserem Umfeld geklärt. Denn zwei schwule Männer werden in der heutigen Zeit besser akzeptiert, als zwei Impotente. Wir stützten uns gegenseitig in dieser schlimmen Zeit!"

Ich begann vor Aufregung zu zittern.

Noch immer konnte ich keinen vernünftigen Gedanken fassen.

Er fuhr fort: „Dann kamen wir zu dem Entschluss, komplett aus unseren bisherigen sehr erfolgreichen Berufsleben in München auszusteigen und uns auf Kreta niederzulassen. Zuerst waren wir meiner Mutter im Lokal und in der Pension behilflich, dann bemerkten Jassy und ich, dass wir musikalisch nicht unbegabt waren und traten öfter mal in Hotels und Restaurants auf, ja, und dann kam das mit der Kunst. Dieser neue Beginn in unserem Leben entwickelte sich langsam und Stück für Stück. Es gab uns beiden Kraft zum Leben, wieder neuen Mut und das Gefühl, doch noch für was nützlich zu sein. Übrigens, meine Mutter hat bis heute keine Ahnung von meiner Krankheit, sie würde vor Sorge umkommen, wenn sie wüsste, dass ich an Krebs erkrankt war. Meine angebliche Homosexualität akzeptierte sie sofort und hatte Jassy schnell als ihren zweiten Sohn ins Herz geschlossen".

Noch immer saß ich stumm da und fühlte mich wie das berühmte Kaninchen vor der Schlange, nicht fähig einen vernünftigen Satz zu formulieren.

Liebevoll sah er mich an, dann erzählte er weiter: „Durch die Kunst fanden wir die Bestätigung, die jeder Mensch in seinem Leben braucht. Unsere jeweiligen Begabungen schlummerten wohl die ganzen Jahre über unerkannt in uns. Jassy war der geborene Manager und ich war schon immer handwerklich sehr geschickt - so bekam ich eines Tages ein Stück Holz in die Hand, nahm dazu ein Messer und etwas Schmirgelpapier und dann entwickelte sich alles.

Ich experimentierte so lange, bis ich einen eigenen Stil gefunden hatte, meinen Stil. Eines Tages erkannte ich, dass sich die Maserung im Holz stark veränderte, wenn man das Material lange wässerte. Dann gab ich noch geringe Mengen an Farbe in das Wasser, sodass diese in das Holz einziehen konnte. Es war ein langwieriger Prozess, bis ich die richtige Mischung der Farbzusätze herausgefunden hatte. Ebenfalls war die Zeit der Wässerung wichtig, um nur eine leichte Schattierung zu erreichen. Tja, und dann war meine Idee geboren! So hatte ich es geschafft, meinen mir eigenen Kunststil zu finden. Der Erfolg stellte sich recht schnell ein".

Meine bisherige Erstarrung war in ein Zittern übergegangen und wurde für mich unkontrollierbar. Liebevoll lächelnd streichelte er mir erneut über meine Wange. Dann erzählte er weiter.

„Jassy verstand es großartig, Ausstellungen für mich zu organisieren. Zuerst sporadisch auf der Insel, dann später in Athen und dann gingen wir beide mit meiner Kunst nach München. Das Glück war mir hold und ich durfte in einer namhaften Galerie meine Objekte präsentieren. Es folgten weitere Ausstellungen im Raum München. Und so fing alles an. Jassy vermarktete mich sehr gut, ich habe ihm da viel zu verdanken.

Die Kunst schweißte uns noch mehr zusammen.

Da wir uns durch unsere Paarkonstellation von anderen Künstlern abhoben, waren wir somit in gewissen avantgardistischen Kreisen „en vogue". Manchmal boten wir an Vernissagen auch ein paar musikalische Schmankerl dar. Ein Künstler am Klavier und der Manager als Sänger sind nicht so alltäglich und daher kam diese Mischung bei den Kunstinteressierten immer sehr gut an. Durch all diese Faktoren waren wir anders als unsere Kollegen. So standen wir durch unsere Vielseitigkeit in vielen Schicki Micki Galerien hoch im Kurs.

Und so kam es, dass wir Paradiesvögel, der schwule Künstler und sein homo Manager, in der Münchener Schickeria ganz schnell „angesagt" waren. In stillen Stunden fragte ich mich oft, warum wir so „in" waren. War es wirklich meine Kunst oder nur das ganze Drum und Dran von uns als „Paar", dass wir so schnell in der

Szenerie diese Anerkennung hatten. Andere Künstler waren sicherlich ebenso gut oder schlecht wie ich es war, ernteten aber leider weniger Lorbeeren. Irgendwann hörte ich damit auf, das zu hinterfragen, da es mich emotional belastete.

So hatten Jassy und ich wieder lachen gelernt und erfuhren, wie schön das Leben sein konnte. Finanzielle Sorgen kannten wir nicht, denn durch unsere Ausstiege aus dem Berufsleben hatten wir gute Abfindungen von unseren Firmen bekommen und mit Hilfe der zusätzlichen Verkaufserfolge meiner Kunst mussten wir wirklich nicht am Hungertuch nagen. So genossen wir, trotz der Angst vor einem erneuten Ausbruch unserer Krankheit, ein sorgenfreies Leben.

Wir lebten nach außen hin als das schwule Paar der Kreter Kunstszene. Keiner von uns beiden hatte noch einmal Lust, von einer Frau so enttäuscht zu werden, da es allgemein bekannt ist, dass Künstler ungemein interessante Opfer für eine besondere Schicht von Damen sind.

Es zeigte sich mit der Zeit, dass unsere Entscheidung, als ein homosexuelles Paar zu leben, genau richtig war. Hätten wir in der Öffentlichkeit den Eindruck von heterogenen Männern erweckt, wären sicherlich einige Frauen aus der Szene über uns hergefallen und das mit unseren körperlichen Defiziten! Die Nachwehen hätten uns sicherlich aus der Bahn geworfen.

So ließ man uns in Ruhe. Man akzeptierte uns, so wie wir uns gaben und das war wichtig für uns. Wir wollten nicht, dass unsere körperlichen Mängel bekannt wurden, denn das wäre in Griechenland sicherlich zu einem vernichtenden Affront geworden.

Wir pflegen auch heute noch Freundschaften zu Frauen und ich gebe zu, die eine oder andere hätte mir schon gefallen, aber zum Glück war ich ja schwul! (Ein Schmunzeln von ihm begleiteten seine Worte). So war ich vor weiteren Enttäuschungen geschützt. In solchen Momenten fiel mir oft der Film „Manche mögen's heiß" ein, in dem Jack Lemmon, als er mit der Monroe im Bett lag, sich ständig sagen musste: „Ich bin ein Mädchen..., ich bin ein Mädchen..." um bei klarem Verstand zu bleiben. (Wieder zeigte er sein für mich so unwiderstehliches Lächeln, als er dann fort fuhr). So ähnlich erging es auch mir, denn ich musste mir immer in Erinnerung bringen, dass ich ja schwul bin.

Jassy und ich gewöhnten uns an diese Situation. Oft lagen wir im Bett und lachten darüber, wie wenig homo wir beide waren! Denn Frauen machten uns nach wie vor unruhig. Jassy hatte das besser im Griff als ich.

Aber dann haben wir uns kennengelernt. Du warst anders. Ich hatte durch die Kunst gleich eine ganz andere Verbundenheit zu dir, denn ich merkte, dass du mich verstehst. Unser kurzes Gespräch bei mir in der Galerie zeigte mir, dass wir auf einer Linie waren. Du wolltest dich nicht in meinem Erfolg sonnen, nein, du hattest echtes Interesse an meinen Objekten. Als ich sah, wie liebevoll deine Finger über die Formen der Skulpturen fuhren, da habe ich mir damals schon gewünscht, dass du mich mal so streicheln würdest".

Mir wurde schlagartig sehr heiß und verlegen schaute ich nach unten.

Was sollte ich denn dazu sagen?

„Lars und Angelo wissen mittlerweile auch über Jassy und mich Bescheid und Angelo war es, der mit Mut machte, mit dir zu reden."

Mir rauchte der Kopf, ich war total durcheinander. Deshalb war Jassy während des letzten Besuches in Rosenheim so reserviert zu mir. Er hatte Angst, dass ich ihn wieder verletzen könnte.

Geórgios nahm seine Beichte wieder auf und fragte vorsichtig und auch voller Furcht: „Könntest du dir vorstellen, trotzdem mit mir zu leben? Sex ist wichtig, aber es gibt doch auch andere Möglichkeiten, als Mann seine Frau zu befriedigen, seiner Frau zu zeigen, dass man sie liebt und dass man sie glücklich machen will. Mit Zärtlichkeit und echten Gefühlen kann man seine Frau doch sicherlich auch glücklich machen? Oder? Und außerdem habe ich Hände und einen Mund", fügte er schmunzelnd hinzu. Dabei küsste er meine Fingerspitzen und schaute mich verschmitzt lächelnd an. Als ich mir in diesem Moment ausmalte, wie dieser Mund und diese wunderschönen Hände mich liebkosen würden, bekam ich eine Gänsehaut und wurde trotz meines Alters richtig rot im Gesicht. Auch die Formulierung von ihm, als er von „seiner Frau" sprach, und nicht von „einer Frau", verursachte mir Herzklopfen.

Liebevoll fuhr er fort: „Ich habe mich in dich verliebt und möchte in den paar Jahren; die noch vor uns liegen, in denen wir noch gesund sind, mit dir leben, denn du musst dir darüber im Klaren sein, der Krebs kann jeder Zeit wieder bei mir ausbrechen! Das musst du wissen und unterschätze das bitte nicht!"

Noch immer herrschte bei mir das berühmte Schweigen im Walde. Ich konnte ihm nicht antworten, ich fühlte nur, wie schwer es ihm gefallen sein musste, diese Beichte abzulegen. Mittlerweile hatte er meine Hände ziemlich durchgeknetet und ich wusste noch immer nicht, was ich ihm erwidern und wie ich es formulieren sollte und was ich ihm überhaupt sagen wollte. Die Zeit wurde immer länger und bedrückender, ich fand einfach nicht die richtigen Worte.

Er spürte sicherlich, wie es in mir aussah und wie aufgewühlt ich innerlich war, denn er setzte sich an meine Seite und zog mich an sich. Es war so schön seinen Arm um meine Schultern zu fühlen, seine Nähe, seine Stärke. Vertrauensvoll legte ich meinen Kopf an seinen - ich fühlte mich geborgen und dieses Gefühl war während unserer Beziehung immer vorhanden.

Er ließ mir und sich Zeit!

Zeit für unsere neue Zweisamkeit.

Zärtlich umfasste er mit beiden Händen mein Gesicht. Innig schaute er mich an und liebkoste mit Blicken meine Haare. Eine Strähne rutscht mir immer ins Gesicht, so auch heute und er strich sie mir liebevoll zur Seite. Auch diese zärtliche Geste begleitete uns während unserer Verbindung. Er legte seine Hände in meinem Nacken, so als wollte er mir eine Stütze sein. Mit dem Daumen der einen Hand streichelte er dabei meine Wange und den Hals. Mit der anderen umfasste er mein Kinn. Wie ich das liebte, wenn ein Mann mich so liebkoste.

Und er wusste es, so wie es immer war, er wusste immer, was mir guttat, was ich liebte und was mich in meinem Innersten bewegte. Er hatte vertrauensvoll seine Augen geschlossen. Ich allerdings nicht, denn ich wollte ihn sehen, sein schönes Gesicht, das jetzt so einen besonderen Ausdruck hatte, so voller Sinnlichkeit und auch Sehnsucht. Und gleichzeitig spürte ich seinen Wunsch, mehr von mir zu bekommen, mehr als nur diese Zärtlichkeit.

Liebevoll küsste er mich. Sein Mund war gefühlvoll, so, wie ich es mir immer gewünscht hatte, zärtlich, vorsichtig, inniglich.

Er ließ sich Zeit, er ließ uns Zeit, dass wir zueinanderfinden konnten. Kein drängender Kuss mit Zunge im Hals, wie das so viele Männer machen. Er wartete, bis ich seinen Kuss erwiderte. Ich roch seine Haut, fühlte seine Hände, seinen Mund und reagierte, und wie ich reagierte.

Aufgewühlt nahm ich ihn in meine Arme und zog ihn an mich, ich wollte ihn spüren, ganz nah bei ihm sein. Mir war es total egal, ob wir in der Lobby eines Hotels saßen, wir hatten alles um uns herum vergessen. Ich erlebte, wie berauschend ein Kuss sein kann. Wie selbstvergessen zwei Menschen eins werden können.

Vergessen war unser Altersunterschied, ich war glücklich, so wie vor vielen Jahrzehnten, als ich noch eine unbeschwerte junge Frau war.

Schon an diesem Nachmittag hatte ich das Gefühl, dass ich genau diesen Moment, für immer festhalten wollte.

Er, der so viel Leid durch seine Krebserkrankung und deren Folgen zu tragen hatte, er war es, der mir sein uneingeschränktes Einfühlungsvermögen entgegenbrachte, dem es wichtig war, dass es mir gut ging. Nicht einmal beschwerte er sich über sein schweres Los, das er durch diese Erkrankung tragen musste. Nicht einmal. Es war eher so, dass er sich um mich sorgte, wie ich damit umgehen konnte.

Schon damals war er der stärkere von uns beiden.

In diesem Moment spürte ich eine große Verbundenheit zu ihm und ich fühlte, dass ich bei ihm geborgen war. Endlich erlebte ich dieses innige Gefühl, auf das ich seit meiner Kindheit gewartet und das ich in meinem Leben so gesucht hatte.

Er hielt mich im Arm und ich begann ihm zu erzählen, dass ich aus meiner Ehe nicht so einfach weggehen kann, sei es aus moralischen Gründen oder man könnte es auch Anstand, Integrität oder auch nur Feigheit nennen, ich konnte es nicht anders formulieren. Und während ich ihm meine Problematik berichtete, sah er mich liebevoll an und ab und zu fühlte ich seinen Mund und seinen Bart zärtlich an meiner Wange.

Ich schilderte ihm genau die Einzelheiten, was meine Beweggründe waren, aber ich will diese hier nicht aufführen.

Er nickte immer verständnisvoll zu meinen Erklärungen. Und dann konnte ich es ihm endlich sagen: „Geórgios, auch wenn ich es wollte, es ist für mich eh zu spät, mich von dir abzuwenden - ich habe mich in dich verliebt, bereits damals am Airport wusste ich es schon."

Leuchtende dunkelbraune Augen sahen mich an, als ich fort fuhr: „Aber ich kann nicht immer bei dir auf Kreta sein. Wenn du damit klar kommst, so lass uns Glück auf Zeit leben, denn der Alltag zerstört eine Liebe sowieso, ohne Ausnahme."

„Wie würde dann unser gemeinsames Leben aussehen?", war seine bange Frage. „Ich kann es noch nicht genau sagen, aber es müsste möglich sein, zwei bis dreimal im Jahr zu dir kommen. Aber vielleicht gelingt es dir öfter, zu mir nach Deutschland zu fliegen und dann gibt es ja noch das Telefon, wir können mailen, es gibt heute so viele Möglichkeiten Kontakt zu halten.

Und wir können in Liebe an uns denken!"

Geórgios nickte – und schaute mich nachdenklich an. So hatte er sich unser Zusammenleben zwar nicht vorgestellt, aber er versuchte mich zu verstehen und auch meine Entscheidung zu akzeptieren. „Lass uns versuchen, das Beste daraus zu machen", sagte er liebevoll.

An diesem Abend begann ein anderes Leben für uns beide, ein Leben, das nicht jedes Paar so führt und vor allen Dingen auch nicht so führen will. Uns blieb kein anderer Weg, als diesen, wenn wir unsere Liebe leben wollten.

Und endlich erlebte ich eine Liebe, ohne diese Geilheit und diesen Besitzanspruch, all diese Punkte, die mir in den vergangenen Jahren zunehmend an meinen Partnern so auf die Nerven gegangen waren.

Mit der Zeit stellte ich erstaunt fest, dass ich aufgrund meiner schlechten Erfahrungen und der bisherigen Ausgrenzung meiner eigenen Lust und Weiblichkeit, doch noch so viel Liebe in mir hatte, deren ich mir gar nicht bewusst war. Liebe, die ich nun endlich ausleben durfte, ohne die bisherige Angst haben zu müssen, erneut abgewiesen zu werden. Liebe zu leben, ohne die einengende Furcht, meine sexuellen Wünsche verschweigen zu müssen.

Ich lernte meine Seele und meinen Körper dem Partner bedingungslos zu öffnen und mich schutzlos auszuliefern. Ein ungewohnt neues, aber wunderschönes Feeling, das mich von nun an begleitete.

Schon an diesem Abend spürte ich es und mein Gefühl täuschte mich nicht. Ich erlebte Wertschätzung und Anerkennung meiner Person als Mensch und Frau, so wie ich es mir immer gewünscht hatte. Ich lernte Liebe und Vertrauen anzunehmen und auch zu geben.

Es war der Beginn eines neuen Lebens. Und obwohl das alles Neuland für mich war, betrat ich es ohne Angst.

Die Liebe ist ein Zeugen
im schönen,
sei es im Leibe oder in der Seele!

Platon

Kapitel 14

Wir begannen unser neues Leben zu planen. Wir lebten ein Leben, welches nicht die Norm war. Ein Leben, das uns noch zeigen sollte, dass es sich nicht planen lässt. An diesem Abend gingen wir zu ihm in sein Hotel. Es wurden die schönsten Stunden in meinem Leben und noch viele dieser liebevollen Momente würden folgen. Wir hatten so viel Zärtlichkeit für den anderen, so wie ich es bisher in meinen „Lebensabschnittsgemeinschaften" noch nie bereit war zu geben und vor allen Dingen auch anzunehmen.

Besonders dankbar war ich ihm während unserer Beziehung, dass ich keine nuttigen Fummel in Form von billigen Dessous und Nachtwäsche tragen musste, damit er mich begehrenswert fand, so wie das in meinen bisherigen Beziehungen stets der Fall war. Ich glaube, dass sich kein Mann darüber Gedanken macht, wie entwürdigend es für eine Frau ist, dass sie erst in eine andere Rolle schlüpfen und sich als Irma La Douce verkleiden muss, damit sie ihrem Partner gefällt und sie ihn damit stimuliert. Das ist so eine Demütigung, denn wir akzeptieren unsere Partner doch auch ohne geile Höschen und ohne Schleifchen um den Schwanz, mit den bekannten körperlichen Unvollkommenheiten. Bekanntlich ist doch auch nicht jeder Kerl, wenn er ausgezogen ist, mit seinem wabbeligen Bauch und krummen Kaktuswaden, anziehend und erotisch.

Bei Geórgios durfte ich „ICH" sein und musste mich nicht erst verkleiden, damit er mich begehrte. Natürlich war und bin ich als Frau generell darauf bedacht, schöne Unterwäsche zu tragen, das schulde ich mir schon selbst, aber alles muss Stil und Ästhetik haben, sonst gehen damit minderwertig Gefühle einher.

Das alles war so schön bei uns, ich fühlte mich absolut als eine geliebte und begehrte Frau, auch wenn ich nicht mehr zwanzig war. Für Geórgios war ich nie unattraktiv, auch nicht am Morgen, wenn ich ihn mit verquollenen Augen anschaute. Auch waren meine strammen Oberschenkel niemals ein Problem für ihn, im Gegenteil, er bestätigte mir oft, dass das alles, so wie es war, zu mir passen würde. Ich glaube, ich hatte das große Glück, dass er mich als Mensch liebte und nicht nur als Lustobjekt. Er bewunderte meinen Mut und meine Lebensfreude, obwohl ich oftmals total erschöpft zu ihm kam. Er liebte meine fröhliche und offene Art, er liebte es, wie ich lachen konnte und wie ich ihn als Mann verwöhnte, auch ohne den üblichen Sex, aber mit Zärtlichkeit, mit Hingabe, mit Leidenschaft und mit meiner großen Liebe zu ihm.

In all den Jahren, in denen wir miteinander leben durften, haben wir nie den allgemeinen Sex vermisst. Wir brauchten nicht die „schnelle Nummer", nicht das übliche „hektische bumsen", denn wir hatten viel mehr als andere. Wir lebten eine Erotik und Lust, verbunden mit sinnlicher Verführung und Begehren, gepaart mit Zärtlichkeit und Intensität, aber auch zugleich voller Fürsorge und einer Behutsamkeit für den anderen, wie es schöner nicht sein konnte. Wir hatten viel Geduld und Verständnis für einander und ich lernte von ihm, wie schön es ist, selbstlos zu sein und nur zu geben.

Das alles war neu für mich.

Die besonderen Werte unserer Liebe waren tausendmal schöner, als der lüsterne und animalische Sex der früheren Jahre. Bei ihm hatte ich nie das Gefühl, dass ich meinen Bauch einziehen musste, wenn wir uns in den Armen lagen. Bei ihm hatte ich nie das Gefühl, dass er mich missbilligend kontrollierte, ob ich eventuell 100 Gramm an Gewicht zugelegt hatte. Bei ihm hatte ich nie das Gefühl, dass meine Falten ihn störten. Im Gegenteil, für ihn bedeuteten Runzeln in einem Gesicht, gleich, ob Mann oder Frau, dass der Mensch „gelebt", dass er einen Reifeprozess durchlebt hat.

Das erstaunlichste aber war, dass ich durch ihn endlich zu der Ruhe fand, nach der ich mich ein Leben lang gesehnt hatte. Es tat mir so gut zu erkennen, dass ich nicht mehr alleine war mit meinen Ängsten, Sorgen und Nöten, auch wenn er nicht bei mir vor Ort war. Ja, ich gebe zu, es war alles Neuland für mich, aber keiner meiner bisherigen Männer hatte mich in den jeweiligen Beziehungen so glücklich gemacht, wie er es tat.

Wir konnten stundenlang schmusen und uns zärtlich küssen, uns streichelnd im Arm halten und ganz eng umschlungen einschlafen. Das musste ich allerdings auch erst lernen, denn das hatte ich bisher niemals gewollt. In diesem Punkt war ich immer gnadenlos dominant, denn ich wollte mein Bett stets für mich alleine haben. Und das Gefühl am Morgen von einem Mann gleich angesprochen und angeatmet zu werden, war mir bisher immer ein Gräuel und es ekelte mich so sehr. Jetzt nicht mehr! Ich konnte ihn küssen, ohne dass wir die Zähne geputzt hatten – das wäre in meinen anderen Beziehungen undenkbar gewesen.

Geórgios verstand auch, dass ich bei meinen Besuchen immer erst mal richtig ausschlafen musste, so erschöpft war ich oft von meinen Pflichten in Deutschland.

Unser gemeinsames Leben, wenn auch zeitlich limitiert, war so wunderbar. Wir schliefen die ganze Nacht eng aneinander gepresst, ob es auf Kreta in warmen Sommernächten war oder hier in Deutschland, bei Schnee und Eis. Es war ein anderes Leben, das ich nun führte, seit diesem Abend im Hotel, in dem Geórgios seine Lebensbeichte abgelegt hatte.

Auch wenn ich mich wiederhole, ich möchte es noch einmal betonen, ich genoss es sehr, dass ich nicht mehr so einen lüsternen Bock als Mann neben mir im Bett liegen hatte, der sich zuvor heimlich Viagra reingepfiffen hatte, um geiler sein zu können, als er es eigentlich war. Der sich nach dem Sex nicht umdrehte und erschöpft einschlief, wenngleich ich vielleicht noch so gerne gekuschelt hätte. Ich vermisste diese übliche Sexualität zwischen Mann und Frau niemals, nicht ein einziges Mal! Es war zwischen uns alles so wunderschön, so unwirklich, welche Frau konnte das von ihrer Beziehung sagen?

Ich konnte es!

Wir liebten uns anders, wir liebten uns mit dem Herzen, mit den Augen, mit den Händen und natürlich auch mit dem Mund.

Wir waren so unsagbar glücklich, dass es oft schon wehtat. Geórgios verstand alles, was mich privat belastete und ich glaube, ich konnte auch seine Sorgen mit ihm tragen und ihm eine Stütze sein. Als seine Mutter verstarb, trugen wir die Schmerzen gemeinsam.

Zwischen uns stand keine dumme Geilheit, wie es in vielen Beziehungen leider nun mal der Fall ist.

Er war ein besonderer Liebhaber, er war ein besonderer Mann, er war ein außergewöhnlicher Mann. Er verwöhnte mich mit allem, was ihm zur Verfügung stand.

Er akzeptierte und verstand es, wenn ich privat eine Zeit hatte, in der ich nicht zu ihm fliegen konnte. Dann kam er zu mir.

Aber es gab auch Tage, an denen ich mit diesem Leben der Trennung überhaupt nicht klar kam, an denen ich mich so danach sehnte, dass er mich im Arm hielt und ich meine Lasten des Lebens dadurch besser aushalten konnte. Oft rief ich ihn in solchen Momenten verzweifelt an und er tröstete mich so wunderbar und gefühlvoll. Im Nachhinein kann ich es gar nicht erklären, woher er immer wieder diese Kraft nahm, die ich so brauchte, denn auch er litt unter unserer Trennung.

Oft sang er nur für mich mit seiner wunderschönen weichen Stimme den Song von Israel Kamakawiwo'ole „Somewhere Over The Rainbow" und bei dem letzten Ton dieses besonderen Liedes konnte ich durchatmen, ja ich fühlte eine große Erleichterung und ich war wieder glücklich und dankbar, dass es ihn gab, wenn auch nur für Augenblicke. Für uns war es immer so, dass der Text und die zarte Melodie dieses Liedes starke Gefühle in uns auslösten.

Ich habe den Inhalt der ersten Strophe dieses Songs aufgeführt, da ich den so wunderschön finde.

Somewhere over the rainbow
Way up high
And the dreams that you dream of
Once in a lullaby

Somewhere over the rainbow
Bluebirds fly

And the dreams that you dream of
Dreams really do come true......

Irgendwo hinter dem Regenbogen
hoch in der Luft
gibt es ein Land, von dem ich einst
in einem Schlaflied hörte.
Irgendwo hinter dem Regenbogen
ist der Himmel blau
und die Träume, die du zu träumen wagst,
werden tatsächlich wahr.

Liebe Leserinnen und Leser, sicherlich wird der eine oder der andere die Nase rümpfen und sagen: „Was ein Kitsch! Was ein Gesülze!"

Ja, ich akzeptiere diese Meinung, aber ich bin mittlerweile in einem Alter, da sind mir solche Seelenverbindungen wichtiger, als körperliche Gier und Geilheit. Und nachdem ich jahrelang nur Kerle an meiner Seite hatte, die sich mehr für meine Titten, meinen Arsch und dem Teil zwischen meinen Beinen interessierten, als für meine Seele, liebte ich unsere besondere Zweisamkeit ganz besonders. Denn welcher Mann singt seiner Frau etwas vor?

Ich kenne keinen!

Und genau deshalb war ich mit diesem „Kitsch" so überglücklich und beseelt.

Dieser Song half mir meine Sehnsucht nach Geórgios in den Griff zu bekommen, denn ich wusste, dass er am Ende des Regenbogens auf mich wartete.

Diese sensible Melodie ist in all den Jahren unser Lied geworden. Der von Israel besungene Regenbogen verband uns. Er zog sich in unseren Träumen und Fantasien und von Kreta bis nach Deutschland! Die älteren der Leserinnen und Leser werden sich noch das Buch von Utta Danella „Tanz auf dem Regenbogen" erinnern, das von einer sehr ungewöhnlichen Liebe erzählte.

Vielleicht ist der Regenbogen deshalb so gut für Schwärmereien und Sehnsüchte geeignet, da er so irreal und trotzdem so klar in einem großen Bogen am Himmel fast greifbar ist. Er erweckt in mir den Eindruck, eine Brücke zu sein.

Sei es dahingestellt, was er verbindet!

Im Nachhinein musste ich erkennen, dass dieses Lied vom Regenbogen schon eine Vorbereitung auf das war, was wir dann noch erleben mussten.

Dafür danke ich Geórgios noch heute!

So flogen, lebten und liebten wir 4 Jahre. Oft fehlte mir das Geld, um den Flug nach Kreta bezahlen zu können, denn durch die Krankheit meines Mannes kamen so wahnsinnig hohe Kosten auf mich zu. Aber auch das war für ihn kein Problem, dann schickte er mir die Flugkarte. Die Flugmeilen, die wir absolvierten, waren enorm, wir waren sogenannte Vielflieger. Ich schrieb im Flieger und bei ihm meine Geschichten nieder, da ich zu Hause fast gar nicht mehr dazu kam.

Wenn ich bei meinem Geliebten auf Kreta war, zeigte er mir die Insel mit all ihren Schönheiten. Vieles war mir aus meinen vorherigen Urlauben bekannt, aber mit ihm war alles viel schöner.

Er fuhr mit mir zu dem alten Kloster Arkadi, das ich bereits vor Jahren schon besucht hatte und ich die dortige Atmosphäre auch diesmal wieder so mächtig empfand. Wir saßen Arm im Arm auf den dicken Mauern und ließen die Schönheiten dieser alten, geschichtsträchtigen Gebäude auf uns wirken. Ich machte davon wunderschöne Fotos, die ich später in einem kleinen liebevollen Bildband veröffentlichen wollte.

Geórgios zeigte mir Knossos, auch das kannte ich aus früheren Urlauben. Aber er führte mich so mitreißend durch diese Ruinen, dass ich alles mit anderen Augen sah. Er war durch und durch ein Schöngeist und so präsentierte er mir voller Begeisterung die geschichtsträchtigen Ruinen, die bestimmt für viele Besucher nur alte Steine waren.

Wir durchwanderten die Samaria Schlucht, mit dem Resultat, dass ich wieder dicke Blasen an den Füßen hatte. Wir waren im Iraklio Museum, wir sahen die weißen Berge und wir besuchten Matala und Lendas im Süden der Insel. Dort erlebte ich, wie heiß die Sommer auf Kreta sein können. Wir schauten von den Gebirgen auf die vielen kleinen Inseln um Kreta herum, die von einem wunderschönen blaugrünen Meer umgeben sind, als seien sie nur für uns gemacht. Auch der venezianische Hafen von Chania war für mich faszinierend.

Gemeinsam lagen wir an den wunderschönen Buchten der Insel und waren glücklich, dass wir uns gefunden hatten. Er hatte so eine Begeisterung, die er an den Tag legte, wenn er mir von seiner Heimat erzählte.

Kreta war mit seinen Augen gesehen überwältigend schön und mit den einzigartigen Naturschönheiten faszinierend und die kulturelle Zeitreise facettenreich und atemberaubend.

Inzwischen sehe ich das Kleinod „Kríti" mit den Augen von Geórgios, denn sein Kreta ist und bleibt so einmalig schön für mich - und das wird sie immer sein, diese Insel im Mittelmeer!

Aber mit ihm war sie ein Traum!

Wir fanden in der Nähe von Rethymnon so schöne Eckchen am Strand, in denen wir uns nur auf die Erde legten und auf das Meer schauten oder in den Himmel sahen. In dieser Zeit schrieb ich eifrig und fotografierte all die vielen Schönheiten der Insel. Meine Zeilen las ich ihm dann vor und er genoss es, wenn er dabei in meinen Armen liegen durfte und er meine Stimme vernahm.

Oder Geórgios realisierte seine Ideen und zeichnete wunderschöne Impressionen, die ihm später in den Galerien förmlich aus der Hand gerissen wurden. Jassy war der richtige Mann für das Marketing. Beide Freunde waren ein perfektes Team.

Geórgios war der Kreative und Jassy der Geschäftsmann.

Es waren so wundervolle Zeiten! Für uns beide, aber auch für Jassy, Lars und Angelo. Wir trafen uns oft und erlebten Abende, in denen wir uns so amüsierten, dass es einfach ein Genuss war. Wenn Angelo aufgekratzt war, dann konnten wir uns vor Lachen nicht halten.

Er war und ist ein Sonnenschein!

Erwähnen möchte ich, dass wir beide, aufgrund unseres Alters, immer mehr kleinere Ausfälle des menschlichen Körpers zu beklagen hatten. Durch mein bewegtes und sorgenvolles früheres Privatleben und die damaligen vielen Aufregungen hatte ich zwei Hörstürze zu bewältigen, die mein Hörvermögen stark reduziert hatten. Oftmals, wenn Geórgios mir liebevolle Worte ins Ohr flüstere, musste ich ihm gestehen, dass ich es nicht richtig verstanden hatte – und was tat er, er lachte sich fast weg und erzählte es mir nochmals, dann etwas lauter.

Denn ihm erging es nicht anders. Durch seine Arbeiten mit der Motorsäge hatte auch sein Gehör stark gelitten und so waren wir beide etwas tauber, als andere Paare in unserem Alter. Aber es tat unserer Liebe keinen Abbruch. Geórgios frotzelte immer, dass er mir die glühendsten Liebesschwüre zuflüstern könnte und ich diese gar nicht mitkriegen würde. Und wenn ich bei ihm im Hof stand und ihn rief, war es illusorisch zu erwarten, dass er mich hörte.

Oder die Sache mit den Brillen. Es war ganz normal, dass immer einer von uns seine oder irgendeine Brille suchte. Ich hatte insgesamt fünf davon, eine Sonnenbrille, eine für die Ferne, eine für das Lesen, eine für den PC und eine für den das Fernsehgerät und alle hatten sie verschiedene Stärken. Ähnlich, aber nicht gar so schlimm, erging es Geórgios. Wenn wir unterwegs waren, war es das wichtigste, dass wir immer unsere diversen Zwicker dabei hatten.

Für ihn war es ebenso von Bedeutung, dass er ausreichend Pflasterstreifen für meine stets wundgelaufenen Füße und Taschentücher präsent hatte, denn es gelang mir mein Leben lang nicht, mich mit diesen so wesentlichen Dingen konstant und dauerhaft auszustatten. Eines von beiden hatte ich immer vergessen. In Geórgios Wagen, bei ihm zu Hause und auch in der Galerie und Werkstatt waren daher Papiertaschentücher und diverse Rollen von Heftpflaster vorsorglich deponiert.

Sein absoluter Schwachpunkt waren seine Schlüssel. Wir hatten es so eingerichtet, dass wir überall komplette Doppelschlüssel hatten und der Alltag zeigte uns, dass das auch mehr als notwendig war. Immer hatte er einen vergessen, entweder den zur Galerie, den zum PKW oder den zu seiner Wohnung. Jassy und ich waren darauf eingestellt und so wurden eventuelle Kalamitäten gleich entschärft.

Über all diese Dinge konnten wir so herzlich lachen.

In meinen früheren Beziehungen hätte mich das zum Wahnsinn getrieben.

Ob ich etwas von ihm an Gelassenheit und Lebensweisheit gelernt hatte?

Hoffentlich!

Dann gab es noch einen gemeinsamen Punkt in unserem Leben. Wenn wir beide Turnschuhe trugen, mussten wir unter zugehaltenen Nasen unsere beiden Schuhe auf den Balkon stellen, so muffelten sie. Zusammen hingen wir unsere Füße in die Badewanne, um denen mit Wasser und Seife einen besseren Geruch zu verabreichen. Ich erinnere mich so gerne daran, dass wir uns dabei immer totlachten, welch ein tolles Paar wir waren, sogar die Füße passten sich mit ihrem Duft dem des anderen an.

Ja - so konnte Liebe auch aussehen!

In all den gemeinsamen Jahren hatte ich niemals das Gefühl, dass ich für ihn zu alt oder zu dick war. Seltsam war, dass ich in unserer gemeinsamen Zeit locker mein Gewicht halten konnte. Vielleicht war mein Glück mit ihm der Grund dafür. Aber wenn Geórgios jemals erfahren hätte, dass ich mich vor meinem Kreta Besuch an Bauch und Hüfte hatte absaugen lassen, so hätte er dafür kein Verständnis gehabt. Aufgrund seiner Erkrankung hatte er gelernt, dass Äußerlichkeiten im Leben so unwichtig sind und, dass nur die Gesundheit zählt. Das wären für ihn Fakten gewesen, die er sicherlich nicht hätte nachvollziehen können, denn er vertrat den Standpunkt, dass ein Mensch doch erst das ausmacht, was nicht so perfekt an ihm ist.

Wie Recht er hatte!

Und das wirklich Erstaunliche war die Tatsache, dass mein geliebter Angelo, diese kleine Plaudertasche, Geórgios meine Absaugung niemals verraten hatte. Ich könnte mir im Nachhinein vorstellen, dass Lars seinem Angelo unmissverständlich klar gemacht hatte, in diesem Punkt definitiv die Klappe zu halten.

Des Geistes Auge fängt erst dann an,
scharf zu sehen,
wenn des Leibes seine Schärfe
zu verlieren beginnt!

Platon

Kapitel 15

In all den Jahren, in denen wir zusammen leben durften, beteten wir beide sehr oft mit der Naivität eines Kindes: „Bitte lieber Gott, schenke uns noch viele gemeinsame Jahre!" Bekanntlich waren wir nicht mehr so jung, als wir uns trafen und die Krankheit von Geórgios ließ uns nachdenklicher, aber auch dankbarer werden. Der überstandene Krebs trug im Laufe der Zeit immer mehr zu seiner Lebenseinstellung bei. Er sagte immer: „Genieße den Tag und vermeide Streitigkeiten, denn für alles gibt es eine Lösung, man muss es nur wollen".

Durch diese Lebensphilosophie war er so gelassen, viel gelassener, als ich es jemals war. Vielleicht machte ihn sein früheres Leiden so stark, da er ahnte, dass er den Krebs nur vorerst besiegt hatte. Krankheiten verändern Menschen und besonders, wenn man am Abgrund des Lebens steht, schärft sich der Blick für das Wesentliche. Man lernt Wichtiges von Unwichtigem zu trennen.

Das praktizierten er und Jassy meisterhaft!

Er zeigte mir, dass man gewisse Dinge im Leben einfach hinnehmen muss, sonst zerbricht man daran, wenn man versucht, diese Tatsache mit Gewalt zu ändern. Während unserer gemeinsamen Zeit zu dritt, natürlich auch mit Jassy, bewunderte ich die große Toleranz dieser beiden Männer. Nicht nur im Umgang mit mir und mit sich, nein ganz allgemein. Ich hörte niemals irgendeine Äußerung von ihnen über einen anderen Menschen, die negativ, herablassend oder arrogant war.

In der ersten Zeit unserer Beziehung dachte ich noch, na warten wir mal ab, irgendwann zeigen beide Herren schon, dass auch sie eine Toleranzgrenze haben, die andere Menschen nicht überschreiten dürfen, aber nein, ich erlebte das nie. Immer hatten beide Verständnis für Situationen und Vorkommnisse von Menschen, die mich ziemlich schnell auf die Palme gebracht hätten. Es fiel mir schwer, diese stete Akzeptanz für Tatsachen der beiden in bedenklichen Situationen nachzuempfinden, geschweige denn, diese so wirklich zu verstehen.

Diesen Langmut und dieses Einfühlungsvermögen, die ihnen zu eigen waren, hatte ich nie und werde sie auch niemals haben! Aber ich lernte trotz allem von beiden, wenigstens eine gewisse Großzügigkeit gegenüber der Ansichten und Eigenheiten anderer Menschen zu entwickeln.

In der Zeit, in der ich in Rethymnon weilte, saßen wir oft abends zu dritt auf der Terrasse und erzählten uns unsere Lebensgeschichten. Jeder hörte dem anderen interessiert zu, keiner unterbrach den Erzählenden, alles war von Respekt und Anerkennung geprägt. Niemand fühlte sich über den anderen erhaben, so wie ich es in

meiner letzten Ehe und in unserem Bekanntenkreis leider sehr oft erlebt habe. Dort war es immer wichtig,
welches Auto man fuhr, welche große Reisen geplant waren, welche Fummel die Damen in welchen Boutiquen erworben hatten und, dass generell die Kohle stimmte.

Aber bei uns war das alles ganz anders. All dieser
Mammon war uns nicht wichtig. Wir saßen in alten Hosen, ausgeleierten Shirts und alten Latschen mit einem
guten Glas Wein gemütlich zusammen und genossen die
Häppchen, die Geórgios zuvor für uns zubereitet hatte.

Wir erkannten durch unsere langen Gespräche, dass
wir drei den Luxus genießen durften, in einem freien
Land zu leben und dort, ohne Repressalien, unsere Meinung vertreten konnten. Jassy war Araber und hatte am
eigenen Leib verspürt, wie es ist, wenn man in einer Gesellschaft nicht akzeptiert und geduldet wird. Er wurde
in Ägypten geboren und seine Eltern, er und seine Ge-
schwister gehörten der Koptischen Kirche an, die leider
noch heute von Islamisten verfolgt wird. Seine Familie
war schon vor Jahrzehnten, als er noch ein Baby war,
nach Deutschland gekommen. Die Eltern hatten diesen
Weg gewählt, damit ihre Kinder in Freiheit und Würde
aufwachsen durften. Leider ging dieser Wunsch nicht
immer in Erfüllung, denn auch in Deutschland waren sie
„als Ausländer" oft nicht gern gesehen.

Wenn ich dann wieder zu Hause in Deutschland war,
fiel es mir so schwer, mit der Unzufriedenheit meiner

Mitmenschen umzugehen. Dieser übertriebene „Run nach dem Geld", die mangelnde Toleranz und Oberflächlichkeit, sowie die fehlende Rücksichtnahme in meinem Bekanntenkreis, damit kam ich nicht mehr klar. Ich merkte, wie ich mich aus all diesen Gründen immer mehr von früheren Bekannten und Freunden distanzierte. Daraufhin unterstellte man mir, dass ich aufgrund meines neuen Lovers - (alleine diese Formulierung „Lover" fand ich so unmöglich und primitiv) abgehoben und großspurig geworden wäre. Man mutmaßte, dass mein Liebhaber ein reicher Künstler sein müsste, sonst hätte ich mich ihm ja nicht zugewandt. Diese Einstellung konnte und wollte ich natürlich nicht teilen, denn es war ja nicht so! Diese neidvollen Verurteilungen zeigten deutlich, welch Geistes Kind sie alle mit zunehmendem Alter geworden waren. Man zerriss sich die Mäuler über mein Verhältnis zu diesem viel jüngeren Mann und generell über meinen Lebenswandel und keiner würdigte die Pflege an meinem Mann über viele Jahre hin, keiner!

Als Studenten gehörten viele meiner früheren Bekannten zu den revolutionären 68er Provokateuren unseres Landes. Sie waren gegen das Bürgertum, gegen die vermeintlichen Spießer der älteren Generationen, gegen Banken und Sparkassen, da sie in denen die Symbole des Kapitalismus sahen. Sie wollten gewaltsam die Welt verbessern, waren auf allen Demos zu finden und warfen in Frankfurt Steine gegen die verhasste opportunistische Obrigkeit.

Und nun, im Alter, da war alles vergessen, da war die Philosophie der Jugend Schnee von gestern, denn nun hatten sie ein sehr gut gefülltes Bankkonto, jeder sein Eigenheim, Benzin fressende Nobelkarren, trugen im Winter Lodenmäntelchen und Gamsbarthüte und waren zu Spießern mutiert. Einer dieser ehemaligen Revoluzzer fungiert heute als Sugar Daddy während seiner Reisen nach Johannesburg und ist auch nach all den Jahren der irrigen Ansicht, dass diese farbigen Frauen ihn als „Mann" begehrten und das durch ihn fliesende Geld für diese Liebchen keinen nennenswerten Stellenwert hätte.

Ein anderer ist Sympathisant der AFD und ein weiterer sogar Mitglied dieser Partei und beide versuchen im Kreise ihrer Freunde Angst mit abstrusen Szenarien zu schüren, die nach deren Ansicht durch die vielen Flüchtlinge in unserem Land auf uns zukommen werden. Und alle Bürger unseres Staates, die ihr Gedankengut nicht teilen, werden als geistig minderbemittelt, dumm und einfältig tituliert.

Mir machen Menschen mit solchen geistigen Inhalten in der heutigen Zeit und mit unserer Vergangenheit wirklich Angst! Anscheinend haben viele Deutsche nichts aus unserer Nazizeit gelernt.

Seltsam allerdings ist, dass genau diese „Freunde" von einst, die mich wegen meiner so verwerflichen Liebe zu diesem jungen Ausländer verurteilten, in den vergangenen Monaten vor gewaltige psychische und physische

Aufgaben gestellt wurden. Krankheiten und tragische Schicksalsschläge mussten einige im letzten Viertel ihres Lebens bewältigen. Um ehrlich zu sein, darum waren sie nicht zu beneiden.

All diese früheren „Freunde" konnten nicht verstehen, dass ich mich wegen „deren" Intoleranz und Engstirnigkeit von ihnen abgegrenzt hatte. So kam es, dass ich in Deutschland ziemlich alleine war, denn einen neuen Freundeskreis konnte ich mir aufgrund meiner privaten Verpflichtungen nicht mehr aufbauen. Ich wurde immer einsamer und abgeschiedener, was natürlich alleine mein Verschulden war. Aber ich schaffte es nicht, dieses teilweise gehässige und geistlose Geschwafel zu ertragen. Nur meine Tochter, meine Schwester und eine Freundin konnten meine Entscheidungen akzeptieren und mit diesen besonderen Menschen habe ich auch noch heute ein sehr enges Verhältnis.

Und dafür danke ich ihnen!

Als ich später den Verlust meines Geliebten betrauern musste, sagte eine frühere „Freundin" triumphierend zu mir: „Na, da hast du dir mit deinem neuen Leben an der Seite deines „Künstlers" aber ganz schön in den Finger geschnitten!"

Erwähnen möchte ich noch, dass ich zuvor mit dieser Frau 25 Jahre lang sehr eng befreundet war. Wir hatten in dieser Zeit viele Tränen gemeinsam geweint und reichliche Tiefen in unserem Leben Seite an Seite gemeistert. Ich war damals über so viel Häme und Schadensfreude sehr verletzt. Später erfuhr ich, dass das Schicksal auch ihr ein Stoppschild aufgestellt hatte. Allerdings muss ich zugeben, dass ich trotz ihres persönlichen Desasters keinen Kontakt mehr zu ihr aufnahm, obwohl ich glaube, dass es von mir ein guter und auch menschlicher Zug gewesen wäre, das zu tun.

Aber ich schaffte es nicht!

Daher lernte ich schon damals kennen, was Einsamkeit bedeutet.

So verging die viel zu kurze Zeit, in der ich so anders leben durfte. Mit den Jahren veränderten sich die Prioritäten in meinem Leben gewaltig. Wichtig wurden mir nun die Dinge, die kein Geld kosteten, die aber trotzdem so wohltuend für die Seele sind. Ich erfreute mich über Vogelgezwitscher am Morgen, über meine bunten Tulpen im Frühjahr und über den roten Mohn, der dann im Mai folgt. Oder über einen berauschenden Sonnenaufgang und all diese Dinge, die in meinen Augen ein Wunder der Natur sind.

Doch kommen wir zurück zu meinem Alltag, denn noch verlief mein Leben in guten Bahnen. Wenn ich auf Kreta war, machten wir mit der Vespa viele Unternehmungen. Und eines Tages schenkte er mir - mit einem Schmunzeln - einen Helm, da er wusste, dass ich mich ohne diesen Schutz nicht so wohlfühlte. Was aber zur Folge hatte, dass ich in der Tageshitze dieses Ding doch nicht trug, da meine ohnehin schon problematische Frisur total zerdrückt und verklebt war, wenn ich dieses Monstrum absetzte. Ganz zu schweigen von den verwunderten Blicken der Kreter, wenn sie mich mit diesem Sturzhelm auf dem Kopf sahen.

So gondelten wir gemütlich durch die Gassen vieler alten Dörfchen, besuchten Ausgrabungen in unserer näheren Umgebung und genossen die Sonne und das Meer. Und in meiner Heimat gingen Geórgios und ich oft in Feld und Wald spazieren und im Frühling begleiteten uns meine Mohnblumen, die er mittlerweile ebenso liebte, wie ich. Da rot mein ganzes Leben lang meine Lieblingsfarbe war und ist und ich diese noch immer in meiner Kleidung trage, sagte er eines Tages, dass ich „seine rote Mohnblume" wäre. Dabei nahm er mich in die Arme, küsste mich in seiner so unvergleichlichen zärtlichen Art. Das war ein schönes Kompliment, aber ich war weder so elegant und schon gar nicht so grazil wie eine Mohnblume.

Trotzdem war es schön, dass er es so sah!

Ein liebevolleres Kompliment hätte er mir nicht machen können.

Im Laufe unserer Beziehung lernte ich viel von Geórgios und nahm seine Lebensweisheiten voll Überzeugung an, denn sie bereicherten meinen Geist. Eines Tages, als wir wieder mal am Strand saßen und auf die Wellen schauten, meinte ich versonnen zu ihm, dass ich jetzt, gerade jetzt, das alles festhalten und nie mehr abgeben möchte. Und er, in seiner ausgeglichenen ruhigen Art, nahm mich in den Arm und sagte mit seiner weichen Stimme: „Liebling, das alles ist nicht unser Eigentum, wir haben es nur auf Zeit geliehen, unser Leben, so wie das Glück und die Liebe."

Er vertrat auch mit der Gewissheit die These, dass jede Seele generell mehrere Leben lebt. Er sprach davon, dass wir vor unserer Geburt einen Seelenplan zur Vervollkommnung unseres Ich's mit der geistigen Welt abschließen und bewusst all die Schicksalsschläge und auch alle Krankheiten dieses momentanen Lebens auswählen, um daran zu wachsen.

Er war sich auch ganz sicher, dass man nach dem Tod alte Seelen aus vergangenen Leben wieder treffen wird. Ebenso war er der Auffassung, dass wir beide uns schon oft in anderen Leben begegnet waren und nun endlich die Früchte unseres Seelenwachstums ernten durften.

Wir philosophierten oft über diesen „Seelenplan", den wir Menschen hypothetisch unterschreiben, bevor wir geboren werden. Als er mir zum ersten Mal davon erzählte, widersprach ich ihm vehement, fast ein wenig hitzig: „Nein Schatz, das glaube ich nicht, dann hätte ich mich doch niemals für all die Chaoten als Partner in meinem Leben entschieden, die ich fortwährend magisch angezogen habe!"

Zu dem damaligen Zeitpunkt war ich von seiner für mich doch sehr gewagten Lebensphilosophie nicht zu überzeugen, aber mittlerweile habe ich erkannt, dass darin eine große Wahrheit und vor allem Weisheit liegt.

Für solche tiefsinnigen Unterhaltungen liebte ich ihn. Und nach all den Monaten der Höhen und Tiefen unserer Liebe, habe ich von ihm diese Weltanschauung eins zu eins übernommen. Heute bin ich ganz sicher, dass wir uns vor der Geburt einen Seelenplan aussuchen, damit die Seele daran reifen kann.

Auch, wenn es oft sehr schmerzlich ist!

Als ich mit meiner Tochter zu Hause darüber diverse und sehr intensive Gespräche führte, musste ich feststellen, dass sie, trotz ihrer Jugend, mir in diesem Punkt sehr überlegen ist. Denn durch ihre Krankheiten und Schicksalsschläge war sie bereits sehr gereift. Von diesem Stand ihrer Erkenntnis war und bin ich noch meilenweit entfernt!

Als ich gerade diese Zeilen schreibe, spüre ich meine immerwährende tiefe und innige Liebe zu meiner Tochter!

Welch ein kostbares Gefühl.

Danke mein Kind, dass es dich gibt!

Der Anfang ist die
Hälfte vom Ganzen!

Aristoteles

Kapitel 16

Wir hatten so viele wunderschöne Momente in unserer leider sehr kurzen gemeinsamen Zeit, die wir so harmonisch erleben durften. Aber ich war mir im Nachhinein darüber im Klaren, dass genau darin die Intensität unseres Glücks lag. Dadurch war nichts in unserer Beziehung fade und abgedroschen geworden. Dieser Fakt ist wirklich grotesk, aber durchaus nicht von der Hand zu weisen, denn wir versuchten die wenige Zeit, in der wir zusammen waren, dem Partner liebevoll und aufmerksam zu gestalten. Kein Zank über das Geld oder liegen gelassene Unterhosen und Socken, kein Zwist über falsch ausgedrückte Zahnpasta Tuben und die alltäglichen Dinge, die im Laufe der Zeit so tierisch nerven und auch die größte Liebe zerstören. Und als Frau war ich ihm besonders dankbar, dass wir eine Liebe leben konnten, eine voller Sinnlichkeit und ohne Gier und Geilheit.

Ich bin sicher, auch bei uns wäre im Alltag diese Abgedroschenheit eingetreten, wenn wir ständig zusammengelebt hätten, trotz unserer großen Liebe.

Denn die Reibereien im täglichen Einerlei unter den Paaren fangen meistens belanglos an und schaukeln sich dann unkontrollierbar hoch. Aus dem Nichts entstehen gewaltige Probleme, die allzu leicht eskalieren. Ein kleiner Schneeball kommt ins Rollen und daraus entsteht eine große, alles zerstörende Lawine.

Ich kenne dieses Geschehen aus all meinen früheren Beziehungen. Es war immer das Gleiche. Anscheinend war ich bisher nicht fähig, diesen Ablauf zu durchbrechen. Und mein Versagen in dieser Hinsicht war für mich nicht leicht zu ertragen. Ich schaffte es nicht, mein bisheriges Gebaren abzulegen und mich anders zu verhalten.

In all den Jahren verfiel ich immer und immer wieder in die gleichen Verstrickungen und ich bin sicher, dass ich mich bei Geórgios im Laufe der Jahre auch nicht anders verhalten hätte. Zuerst, beim großen verliebt sein, tat ich alles, um diese Männer glücklich zu machen, fast bis zur Selbstaufgabe.

Ich lebte in völligem Verzicht auf meine Würde als Frau und Mensch, stellte meine Prinzen auf einen hohen goldenen Sockel und ich blickte bewundernd zu ihnen hinauf.

Wenn ich dann allerdings erkennen musste, dass sie keine edlen Ritter, sondern nur kleine mickrige Frösche waren und es selbstverständlich wurde, mich zu hintergehen, zu betrügen und mir alle Lasten des gemeinsamen Lebens aufbürdeten, dann begann ich schlagartig alle Schotten dichtzumachen.

Heute verstehe ich es, warum sich meine Ehemänner anderen Frauen zugewandt hatten, denn durch meine Selbstaufgabe wurde ich für sie langweilig und wenig begehrenswert. Der Reiz des Besonderen war weg, den hatte ich selbst begraben und ich hatte es noch nicht mal bemerkt. Ich vergaß in meinem Alltagstrott, dass Männer Jäger sind und sie in mir keine Beute mehr sahen. Der Blick in Nachbarsgarten, in dem die Kirschen viel dicker waren und in einem schöneres rot leuchteten, war viel erstrebenswerter, als zu Hause das Gänseblümchen zu befriedigen. In meiner für sie so praktischen mütterlichen und fürsorglichen Art, war ich nicht mehr die begehrenswerte Frau, die man sich als Ehemann wünscht.

Um ihnen zu gefallen, kopierte ich den jeden Typus Frau, den meine Angetrauten toll fanden. Aber es nützte mir nichts, sie sahen in mir weiterhin die unattraktive Gemahlin, denn ich war nicht das bewunderte Original – ich war halt nur eine Kopie. Vielleicht gar keine schlechte, aber nur eine Kopie. Obwohl ich generell schick und modern gestylt war, reichte das meinen Ehemännern nicht aus, denn auch das war ja nur eine Verpackung, denn das eigentliche „ICH" einer selbstbewussten Frau, das fehlte mir.

Seltsamerweise gefiel ich während dieser Zeit immer anderen Männern, aber was half mir das? Vielleicht hätte ich damals mit dem einen oder anderen ins Bett gehen sollen, vielleicht wäre dann vieles in meinem Leben anders verlaufen.

Wenn ich dann wieder ein erneutes Fremdgehen bemerkte, war ich abermals tief verletzt. Ich zog mich zurück und verweigerte mich körperlich und auch mental. Was natürlich zur Folge hatte, dass meine Kerle sich erst recht zu anderen Frauen hingezogen fühlten, um sich dort das zu holen, was ich als Partnerin ihnen verweigerte.

Oft fragte ich mich, an was es lag, dass man mich immer und immer wieder so behandelte. Die Lügen wurden immer dreister, die Betrügereien immer verletzender und meine Würde mit Füßen getreten.

Es gibt ein Gesetz, das lautet: „Die Würde des Menschen ist unantastbar!"

Aber anscheinend nicht für mich!

Warum?

Ich suchte Hilfe bei einer Therapeutin. In den dortigen Gesprächen wurde mir klar, dass man mich so behandelte, da ich mich selbst minderwertig fühlte und das auch signalisierte.

Man ging der Sache auf den Grund: Da es die Norm war, dass ich in meinen Ehen ständig unterschätzt, dumm, naiv und einfältig hingestellt wurde und ich daher zurückgewiesen wurde, litt ich beharrlich an Körper und Geist.

Missachtungen und Demütigungen von außen schmerzen sehr, aber die Ablehnung von innen, also eine Nichtachtung von mir selbst, als Frau und Mensch, ist eine Tortur, eine Qual.

Es zieht so viele Folgen nach sich, besonders die Achtung vor der eigenen Person und die Ausgrenzung der persönlichen Weiblichkeit, bis hin zur Selbstaufgabe. Die Frauen, die so etwas erleben müssen, suchen ihre Bestätigungen in der Perfektionierung in anderen Bereichen. Sie haben einen Kontrollzwang und einige beginnen einen gnadenlosen Kampf gegen das männliche Geschlecht zu führen. Der Psychologe tituliert das als: „Das Kassandra Symptom".

Als ich nach dieser Therapie mein Leben überdachte, fiel es mir wie Schuppen von den Augen. Das jahrelange mangelnde Selbstwertgefühl und meine Angst vor Nichtbeachtung während meiner Ehen ließen mich so handeln. Und so war es auch zu erklären, dass meine bisherige Unterwürfigkeit sich blitzartig ins Gegenteil verwandelte und ich meinen Lebensabschnittsgefährten erbarmungslos, oftmals von heute auf morgen, die dunkelrote Karte präsentierte. In tiefster Verzweiflung und mit dem letzten Funken Achtung vor mir selbst, beendete ich damals alle Beziehungen.

Und zwar gnadenlos!

Ich sehe noch heute das entsetzte Gesicht meines ersten Ehemannes, als ich ihm eines Tages mitteilte, dass ich mich von ihm trennen würde. Da er emotional ein sparsam entwickelter Mensch war und keine Antennen für die Gefühle anderer hatte, traf ihn meine Entscheidung völlig unvorbereitet. Er war fassungslos, denn er hatte meine Abkehr aus unserem gemeinsamen Leben nicht bemerkt und konnte das alles natürlich auch nicht nachvollziehen. Er stand vor den Scherben seines Lebens.

Und mir war es in diesem Moment wirklich gleichgültig, dass er so litt! Ich hatte für ihn kein Mitgefühl und gab ihm auch keine erneute Chance, einige Dinge in unserer Ehe vielleicht künftig besser machen zu können.

All meine Beziehungen liefen stets gleich ab!

Ich war nicht in der Lage mich von Anfang an anders zu verhalten.

Viele Tränen und Leid wären meinen Lebensabschnittsgefährten und mir erspart geblieben, wenn ich mich anders hätte verhalten können.

Wenn ich so darüber nachdenke, dann bin ich noch heute auf mich wütend, dass ich diese Diffamierungen in all den Jahren mir habe gefallen lassen. Aber ich konnte anscheinend mich nicht aus dieser Verstrickung befreien, denn mir war die eigentliche Ursache meines Problems damals nicht bekannt.

Nach außen hin war ich aufgrund all dieser durchgezogenen Trennungen in den Augen meines Umfeldes eine taffe Frau, die sich erfolgreich gegen die Willkür ihrer Partner wehrte.

Aber dem war nicht so.

Ich war nicht taff, nein ich blieb tief verletzt mit erneuten dunkelblauen und schmerzenden Flecken zurück.

Aufgrund dieser geschilderten Verletzungen hatte ich bereits der Liebe, den leidenschaftlichen Nächten und generell dem Sex abgeschworen und ich war damit sehr gut gefahren. Meine geheimsten Wünsche und Sehnsüchte waren so auf der Strecke geblieben.

Dass ich heute noch in meiner Verbindung lebe, in der ich ebenfalls so beschissen wurde, hat andere Gründe, die ich hier nicht offen legen möchte, da sie wirklich zu persönlich sind.

Allerdings hatte ich während dieser Ehe eine sehr leidenschaftliche Affäre, in der ich endlich die begehrenswerte Frau und Geliebte war, die ich so gerne sein wollte. Es war ein Verhältnis, das ich nur genießen und ausgekosten durfte. Neben meiner Therapie verhalf mir diese Liaison, mein Leben als Frau wenigstens etwas lebenswerter zu machen.

Eingestehen möchte ich allerdings, dass dieser Mann auch verheiratet war und ich gebe zu, dass ich kein allzu schlechtes Gewissen hatte, wenn ich während unserer gemeinsamen Zeit an seine Frau dachte. Aber zum Glück konnte er das vor ihr geheim halten, da unsere Treffen aufgrund meiner damals schon schwierigen privaten Situation nicht so häufig stattfinden konnten.

Hier zeigt es sich ganz deutlich, dass ein gleiches Unrecht, wie hier das „Fremdgehen", nicht identisch bewertet wird!

Und auch nicht von mir.

Kein schöner Zug von mir.

Vielleicht sah ich in diesem Verhältnis die Retourkutsche gegen meinen Mann, der mich so ausgenutzt hatte. Oder war ich einfach nur ausgehungert nach Liebe, Zuneigung und Streicheleinheiten? Schließlich war ich noch in einem Alter, in dem der Sex im Leben einer Frau noch keine Nebensache ist.

Aber, auch wenn das von mir hier geschilderte sich so positiv liest, als ob ich die Folgen meiner Geringschätzungen durch diese Liaison gut verarbeitet hätte, so habe ich das nie wirklich richtig in den Griff bekommen. Meine Verletzungen waren zu schwerwiegend gewesen.

Bis Geórgios in mein Leben trat.

Mein Mann weiß bis heute noch nichts von diesem Verhältnis und wenn er es wüsste, dann würden ihm seine nicht mehr vorhandenen Haare zu Berge stehen. Das wäre ein vollkommen ungewohntes Gefühl für ihn, sich in der Rolle des Betrogenen wiederzufinden.

Oft schaute ich ihn an und dachte: „Wenn du wüsstest!"

Nach dieser Affäre fraß mich der Alltag wieder auf. Ich war an der Seite meines kranken Mannes, egal was auch vorher geschehen war. In den wenigen stillen Stunden habe ich mich oft gefragt, ob er wenigstens ab und zu mal darüber nachgedacht hat, wie viele Menschen er in seinem Leben rücksichtslos aussortiert und abgeschoben hatte, wenn sie nutzlos für ihn geworden waren. Ohne ein vorschnelles Urteil über ihn zu fällen, aber ich denke, dass diese Betrachtungen in seinem Kopf und schon gar nicht in seinem Herzen einen großen Raum eingenommen haben.

Warum auch?

Bisher lief ja alles gut für ihn!

Ja bisher!

Aber dann machte ihm das Schicksal gesundheitlich einen Strich durch sein selbstgefälliges Leben, deren Auswirkungen ich natürlich mitzutragen hatte. Aber ich entschied mich, trotz aller früheren Demütigungen und Verletzungen, diesen Weg mit ihm zu gehen. Heute bin ich sogar davon überzeugt, dass auch ich meinen Seelenplan in dieser Form für dieses Leben unterschrieben habe.

Zu Beginn der Krankheit meines Mannes wurden die Karten unserer Ehe neu gemischt und heute ist er oft mit Dank erfüllt, wenn ich für ihn sorge, einen liebevollen Umgang mit ihm pflege und ihn in schweren Zeiten in den Arm nehme und tröste, trotz seiner Eskapaden während unserer Ehe. Ich stelle sogar zeitweise eine gewisse Demut bei ihm fest, die aber nie sehr lange andauert!

Allerdings ist mir in all diesen schweren Zeiten seiner Krankheit stets absolut klar gewesen, dass er das für mich niemals getan hätte! Wäre ich erkrankt, hätte er die Kurve gekratzt und sich anderen Frauen zugewandt, ohne dabei ein schlechtes Gewissen zu haben. Denn seine Maksime war sein Leben lang gewesen: „Verdrängen, verleugnen und totschweigen" und daran hätte sich niemals etwas geändert!

Nachdem ich diese Zeilen geschrieben habe, muss ich zugeben, dass ich wohl eine sehr große Veranlagung zu Seelendramen habe.

Aber ich fühle mich jetzt besser, denn Schreiben befreit die Seele!

Und dann kam Geórgios!

Zu dem damaligen Zeitpunkt war er in seiner geistigen Entwicklung mir weit voraus. Sein Kelch der Erkenntnis war bereits prall gefüllt, meiner dagegen war noch halb leer.

Aber ihm war es jede Mühe wert, mich in vielen Gesprächen aufzubauen, weiterzuführen und mein Seelenheil zu stärken.

Er vermittelte mir so viel Aufschlussreiches!

Ich lernte, wie es ist, wenn man geachtet und wirklich geliebt wird, mit Falten im Gesicht und den üblichen Gebrauchsspuren des Lebens.

Und ich lernte eine Hand anzunehmen, die man mir reichte, zuzulassen ohne Misstrauen und Argwohn. Ohne ihn wäre ich immer wieder in meine alten Verstrickungen zurückgefallen.

Die höchste Priorität in unserem Beisammensein war, dass wir uns mit größtem Respekt begegneten, was ich aus meinen früheren Beziehungen her so nicht kannte. Leider musste ich fortwährend erleben, dass das Testosteron einige meiner früheren Partner richtig aggressiv gemacht hatte und es keine Seltenheit war, dass die Teller vom Tisch flogen. In diesen Momenten war ich davon überzeugt, dass ihnen das Hormon das Hirn und den Anstand vernebelt hatte. Anhand dieser erniedrigten Armutszeugnisse in den jeweiligen Beziehungen, konnte damit natürlich keine gute Liebes- und Lebensgemeinschaft mehr entstehen. Nicht nur von mir aus, nein, auch meine Kerle empfanden das so, da ich meine Verachtung sie mehr als deutlich spüren ließ. Man sah es mir an den Augen an, was ich von ihnen hielt. Und ich bemühte mich auch kein bisschen, diese Eindrücke zu minimieren. Kein Mann kann diese Missachtungen ertragen, keiner. Aber es war mir zu diesem Zeitpunkt auch völlig egal, was sie fühlten.

Geórgios und ich dagegen erlebten wirklich nur „Sonne pur" in unserer kurzen gemeinsamen Zeit, die man uns schenkte.

Wir liebten die gleichen kleinen und unscheinbaren Dinge. Sei es die Freude über eine Blume, über die Pracht der Bäume, die im Frühjahr ihre Knospen trieben, über lavendel farbige Sonnenaufgänge oder ein faszinierendes Abendrot über dem Meer.

Wir waren eins in unseren Wahrnehmungen!

Das Zwitschern der Vögel, den Regenbogen, die reine frische Luft ganz früh morgens, all diese so herrlichen Dinge durften wir gemeinsam genießen, für die man im Alltagsstress selten Zeit hat. Wir fühlten uns wegen dieser Dinge so reich und privilegiert, da wir beide unser Herzblut an solche kostbaren Momente verschenken durften.

Und dafür liebte ich ihn so sehr!

Ich liebte seine gefühlvollen Augen, seinen schönen, sinnlichen Mund, seine Art zu lachen, seine wunderschönen Hände, die mich so verwöhnten, seinen kleinen Bauch und seine verwuschelten ungebändigten Locken, die mit der Zeit dünner und grauer wurden. Ab und zu musste ich diese Haarpracht kürzen, was bei Angelo generell einen heftigen Protest auslöste. Aber Geórgios konnte sich nicht überwinden, seine Frisur Angelo anzuvertrauen, da er Angst hatte, dass er sich hinterher nicht mehr wiedererkennen würde.

Ja ich liebte ihn mit allen Fasern meines Herzens!

Und das, obwohl er ein Mann war und ich mit den Jahren aufgrund meiner Erlebnisse wirklich eine Männerphobie entwickelt hatte. Oder lag es daran, dass er aufgrund seiner Krankheit sich verändert hatte und er somit imstande war, Sinnlichkeit und tiefere Gefühle zu leben?

Vielleicht war er früher, auch wie seine Artgenossen, so penetrant geil und voller Triebe?

Ich traute mich nie, ihn mal danach zu fragen.

War vielleicht auch besser so.

Wir waren so reich mit unserem gemeinsamen Leben, wir liebten uns so voller wertvoller Gefühle, wie Bedachtsamkeit und Fürsorge, Behutsamkeit und Würde. Um ehrlich zu sein, ich hatte bis dahin nicht gewusst, dass ich überhaupt zu solch innigen Empfindungen in einer Partnerschaft und natürlich somit zu einem Mann fähig war. Denn ich muss eingestehen, dass ich in all meinen bisherigen Beziehungen stets darauf bedacht war, meine geheimsten Wünsche für mich zu behalten, auch - und besonders meine Fantasien in sexueller Hinsicht. Ich konnte mich aufgrund meiner tiefen Verletzungen meinen jeweiligen Partnern nie mehr vertrauensvoll öffnen und mein Innerstes preisgeben. Als der Zeitpunkt kam, an dem ich merkte, dass deren Glorienschein bröckelte und sie von ihrer erst so übermäßigen Prachtentfaltung und angeblichen Großartig- sowie auch Großkotzigkeit in das Mittelmaß abrutschten, später dann auch noch weiter in die Bedeutungslosigkeit, dann war es generell so, dass ich im Laufe der Zeit niemanden mehr in meine Seele blicken ließ.

Höchstens meine Tochter darf das noch.

Heute, nach so vielen Jahren muss ich leider erkennen, dass ich durch diese Erlebnisse zu einer total skeptischen und misstrauischen ältliche Frau geworden war, die mit ihrer nicht bewältigten Verwundbarkeit zu kämpfen hatte. Mein Leben mit dem anderen Geschlecht hatte mich sehr schnell gelehrt, dass es besser war, nicht mehr zu viel von mir preiszugeben, um so meine seelische Achillesferse zu schützen.

Meine Tochter sagte mir einmal: „Dein erster Mann hat dir deine Wunden zugefügt und die nachfolgenden Partner haben diese Verschorfungen schmerzhaft aufgekratzt!"

Wie Recht sie hatte!

Ich wundere mich stets, dass mein Kind, als eine noch junge Frau, bereits so wissend ist. Sie ist anscheinend eine alte Seele, die sich in ihrem bisherigen Leben enorm weiter entwickelt und vervollkommnet hat.

Ich danke oft dem Universum und auch Gott, dass es sie gibt!

Und wenn ich mich ab und zu frage, warum in meiner ersten Ehe so viel schiefgelaufen ist, dann sollte ich das eigentlich dankbar annehmen, denn aus „diesem Bund fürs Leben" ist meine Tochter entstanden. (Als ich jetzt diesen geschriebenen Satz noch mal überfliege, frage ich mich, wie ich darauf komme, diese Ehe als „Bund fürs Leben" zu bezeichnen. Vielleicht hatte ich mir damals, als blutjunge Frau, die Worte des Pfarrers bei der Trauung: „Bis dass der Tod euch scheide" so sehr ge-wünscht!)

An meiner obigen Schilderung kann man unbedingt er-sehen, dass alles im Leben einen Sinn hat. Meine alte Großmutter sagte mir: „Kind, nichts ist so schlecht, dass es nicht für irgendetwas gut ist!" Sie war eine alte und weise Frau!

Vielleicht schätzte ich durch all meine früheren Bauchlandungen mein Leben mit Geórgios so, denn erst durch ihn hatte ich gelernt, zu vertrauen und mich ei-nem Mann total anzuvertrauen.

Und dafür liebte ihn!

Ja, ich liebte ihn abgöttisch!

Diese Verbundenheit zwischen uns war wohltuend. Wir waren eine Einheit. Unsere Zusammengehörigkeit, egal in welchem Bereich, war ein unbeschreiblicher Reichtum.

Wir waren eins!

Wir lebten als zwei eigenständige Personen im absoluten Gleichklang.

Wir liebten die kleinen Macken und die Besonderheiten des anderen. So erging es mir auch, wenn Geórgios mir etwas erzählte, dann war ich noch mehr in ihn verliebt, als ich es sowieso schon war. Denn ab und zu war sein Deutsch so wunderschön fehlinterpretiert, dass ich es genoss, das so hören zu dürfen. Und dazu seinen bezaubernden bayerischen Akzent, wenn er das „R" so rollte.

Es waren die besonderen Highlights unseres Zusammenlebens, diese Momente des kleinen Glücks.

Eines Abends sagte er zu mir, dass ich „ein spätes Mädchen sei". Ich warf mich fast weg vor Lachen, so köstlich war dieser Ausspruch, denn er hatte natürlich etwas ganz anderes gemeint. Irgendwann nahm er mich lachend in den Arm und strahlte mich an, mit der Bemerkung, dass er sich mit mir ja etwas ganz tolles „aufgelöffelt" hätte, er hatte natürlich „aufgegabelt" gemeint.

Oder als wir in meiner Heimatstadt an einem kalten Wintertag spazieren gingen, schlug er den Mantelkragen hoch und jammerte: „In dem kalten Deutschland friere ich mir die Grütze ab", er meinte natürlich den volkstümlichen Ausdruck „den Grotzen ab". Als wir mal wieder am Strand lagen und es ihm in seiner Badehose auffiel, dass sein Bauch doch etwas dicker geworden war, meinte er ganz unglücklich: „Früher hatte ich mal eine Bienentaille", er meinte natürlich eine Wespentaille. Solche Dinge passierten recht oft und dazu noch seinen bayerischen Dialekt, es war köstlich.

Wie wichtig und wertvoll mir das war!

Wir hatten auch gemeinsam so viel Freude an kleinen unspektakulären Dingen, die allerdings für uns grandios waren. Wir brauchten kein Halligalli, um uns gut zu fühlen.

Bei einem meiner Besuche saßen wir eines Tages am Strand und schauten auf die Wellen. Es war für uns so faszinierend, wie sie im Gleichklang an die Küste schwappten. Sie waren wild und sie waren sanft.

Genau so konnte das Leben auch sein.

Wild und sanft.

Eines Tages gab mir Geórgios während einem unserer geliebten Strandbesuche einen kleinen, sehr schön gebundenen Gedichtband von dem brasilianischen Essayist und Schriftsteller Mario de Andrade. Es war ein kleines

Büchlein in deutscher Sprache, mit einem wunderschönen verschnörkelten Einband, der schon etwas abgegriffen war.

Das Kleinod hatte ihm Jassy geschenkt, als beide in München an Krebs erkrankt waren und damals nicht wussten, ob sie diese Krankheit überleben würden.

Ehrfürchtig nahm ich es in meine Hände und begann darin zu blättern.

Mir fiel sofort eine Stelle in dem kleinen Band auf, die wohl schon sehr oft gelesen worden war, denn einige der Blätter lagen lose in dem Buch.

Ich schlug diese Stelle auf und begann leise zu lesen:

Meine Seele hat es eilig

Ricardo Gondim
wird auch oft Mario de Andrade zugeordnet

Ich zählte meine Jahre und entdeckte,
dass mir weniger Lebenszeit bleibt als die,
die ich bereits durchlebte.

Ich fühle mich wie jenes Kind,
das eine Packung Süßigkeiten gewann.
Die ersten aß es mit Vergnügen,

doch als es merkte,
dass nur noch wenige übrig waren,
begann es sie wirklich zu genießen.

Ich habe keine Zeit mehr für
unendliche Konferenzen,
wo man Statuten, Normen, Verfahren
und interne Vorschriften diskutiert;
wissend, dass nichts erreicht wird.

**Ich habe keine Zeit mehr,
absurde Menschen zu ertragen,
die ungeachtet ihres Alters
nicht gewachsen sind!!!**

Ich habe keine Zeit mehr,
mit Mittelmäßigkeit zu kämpfen.

Ich will nicht in Meetings sein,
wo aufgeblähte Egos aufmarschieren.

Ich vertrage keine Manipulierer
und Opportunisten.

Mich stören die Neider,
die versuchen,

Fähigere in Verruf zu bringen,
um sich ihrer Stellen,
Talente und Erfolge zu bemächtigen.

Die Menschen,
die keine Inhalte diskutieren,
nicht mal den Titel.

Meine Zeit ist zu knapp,
um Überschriften zu diskutieren.

Ich will das Wesentliche,
denn meine Seele hat es eilig.

Ohne viele Süßigkeiten in der Packung...

Ich möchte neben Menschen leben,
die sehr menschlich sind.

Die über ihre Fehler lachen können.

Die sich auf ihre Erfolge nichts einbilden.

Die sich nicht vorzeitig berufen fühlen.

Die nicht vor ihren Verantwortungen fliehen.

Die die menschliche Würde verteidigen.

Und die nur an der Seite der Wahrheit
und Rechtschaffenheit gehen möchten.

Das Wesentliche ist das,
was das Leben lohnenswert macht.

Ich möchte mich mit Menschen umgeben,
die das Herz anderer zu berühren wissen.

**Menschen,
denen die harten Stöße des Lebens
beibrachten zu wachsen
mit sanften Berührungen der Seele.**

Ja ... ich habe es eilig ...
um mit der Intensität zu leben,
die nur die Reife geben kann.

Ich versuche,
keine der Süßigkeiten zu verschwenden,
die mir noch bleiben.

Ich bin sicher,
dass sie köstlicher sein werden als die,
die ich bereits gegessen habe.

Mein Ziel ist,
das Ende zufrieden zu erreichen -
in Frieden mit mir,
meinen Liebsten und meinem Gewissen.

**Wir haben zwei Leben
und das zweite beginnt,
wenn du merkst,
dass du nur eines hast!**

Als ich die Zeilen zu Ende gelesen hatte, besonders
den letzten Abschnitt, schaute ich mit Tränen ver-
schleiertem Blick meinem Geórgios in seine liebevollen
dunklen Augen, die mit zunehmendem Alter einen gütigen und weisen Ausdruck bekommen haben und ich wusste in diesem Moment mal wieder genau, weshalb ich ihn
so vergötterte.

Ich liebte ihn dafür, dass er ein Mensch war, der
nicht oberflächlich dahin vegetierte, der tiefgründig
war, nicht unbedacht sein Leben lebte, der Dinge hin-
terfragte, der Nachhaltigkeit praktizierte und nicht
geistlos und banal durch seinen Alltag dümpelte. Dass er

ein Herz hatte, das er so einsetzte, dass nichts in seinem Leben vergeudet wurde.

Ich verstand, was er mir sagen wollte, denn unser zweites Leben hatte begonnen, als wir uns kennenlernten!

Es fiel mir schwer, meine Gedanken dazu in Worte zu fassen, aber er verstand mich auch so!

Wie immer verstand er mich!

War das unsere Seelenverwandtschaft? Oder was war es, dass wir eins waren, auch wenn wir uns nur ein paarmal im Jahr sehen konnten. Geórgios erklärte mir, dass er als junger Mann zu solchen Empfindungen nicht fähig war. Erst seine Krankheit hatte ihn dazu reifen lassen, zu diesen Gefühlen, denn erst, wenn man wie er und Jassy am Abgrund des Lebens gestanden hat, kann man ermessen, was es bedeutet, zu leben!

Er und Jassy waren in der Zeit nach deren Krebserkrankungen auf der Suche nach dem Sinn des Lebens, da sie hofften, damit ihr Schicksal besser meistern zu können. Sie hatten mehrere Seminare besucht, die zur Selbstfindung und Reife der Seele beitragen sollten. Nicht alles, was dort zur Sprache kam, konnten sie eins zu eins übernehmen, aber von allem etwas für sich herauszufiltern, das war es, was beiden half, mit ihrem Leben klarzukommen.

Als ich ihm das Büchlein wieder zurückgeben wollte, bat er mich, es zu behalten, zu achten und immer wenn ich es brauchen würde, darin zu lesen.

Für ihn sei es nicht mehr wichtig!

Rückblickend muss ich sagen, dass das Gespräch einige Wochen vor seiner erneuten Erkrankung stattfand. Ich bin sicher, dass er damals schon fühlte, dass seine Zeit bald abgelaufen war.

Jetzt, wo ich diese Zeilen schreibe, habe ich einen dicken Kloß in meinem Hals und die Tränen laufen mit unkontrolliert über mein Gesicht.

Die Geschichte endet nicht mit uns!

Sokrates

Kapitel 17

Der Krebs war bei Geórgios wieder ausgebrochen!

Der Zerfall ging rasend! Innerhalb von wenigen Wochen hatte er alles überstanden!

Jassy und ich kümmerten uns in der Zeit um ihn. Wenn ich nicht bei ihm sein konnte, dann wich Jassy nicht von seiner Seite und wenn ich bei Geórgios war, dann konnte er sich ausruhen.

Geórgios lehnte es ab, in ein Krankenhaus zu gehen. Er wollte zu Hause sterben. Immer wieder war ich überrascht, wie er über sein Ende sprach, so gefasst, so unumstößlich. Nie hatte er sich beklagt, nie war er verzweifelt. Als ich ihn in meinen Armen hielt, fiel mir ein, dass er mir einmal erzählte, dass er mittlerweile keine Angst mehr vor dem Tod hatte, aber vielleicht doch ein wenig vor dem Sterben.

So ruhig wie er nun seinem Ende entgegensah, glaubte ich es ihm.

Ich dagegen war zerfressen von dieser Angst, allerdings nicht um mich, nein um ihn.

Dadurch, dass ich so oft bei Geórgios war, eskalierte natürlich meine private Situation in Deutschland. Ich tanzte zu dieser Zeit auf einem hauchdünnen Seil, mit der Heidenangst, jeden Moment die Balance zu verlieren und in die Tiefe zu stürzen.

Hinzu kam, dass meine Tochter völlig unerwartet psychische Probleme bekam. Aus heiterem Himmel litt sie unter Panikschüben. Und nur durch ihre Kraft, ihren starken Willen und einer guten psychologischen Betreuung gelang es ihr, diese Sache in den Griff zu bekommen.

Auch hier hatte ich ständig ein schlechtes Gewissen, weil ich nicht hundert Prozent für sie da sein konnte.

Es erscheint mir heute, dass diese Krankheit mein Kind sehr stark reifen und wachsen ließ, denn sie ging nicht nur halbwegs gesund daraus hervor, nein, sie entwickelte sich danach zu einem ausgeglichenen, zufriedenen, glücklichen und wirklich starken Menschen.

Für diese Gnade sind wir beide sehr dankbar und für ihre Stärke liebe ich sie so.

Und trotz meiner innigen Gefühle zu Geórgios, gehörte nur meiner Tochter die ganz große Liebe meines Lebens, denn Männer waren immer nur abschnittweise meine Begleiter, so auch Geórgios!

Aber die Liebe zu ihr, die dauerte nun schon konstant so viele, viele Jahrzehnte und sie wird immer da sein, immer!

Mein Leben war in diesen Wochen zu einem Drahtseil-akt geworden. Mein Herz war zwar immer bei Geórgios, aber auch zu Hause bei meiner Tochter und auch bei meinem Mann. War ich bei Geórgios, so versuchte ich mein schlechtes Gewissen zu Hause zu lassen, denn ich hatte für beide immer vorübergehend eine gute Betreu-ung gefunden, was aber nicht heißen soll, dass beide mich nicht an ihrer Seite gebraucht hätten.

Es war so brutal, diese Zerrissenheit erleben zu müs-sen.

Als ich das letzte Mal zu Geórgios flog, ahnte ich schon, dass es bald passieren würde, dass seine Zeit ab-gelaufen war.

Und was ich erahnte, das traf leider auch ein!

Der Tod hatte bei ihm schon angeklopft.

Aber Geórgios hatte auf mich gewartet!

Unsere gemeinsamen letzten Stunden möchte ich hier nicht schildern, denn wie wir sie erlebten, das gehört nur uns, Geórgios und mir. Erzählen möchte ich nur, dass er mich bat, ihm unser Lied von Israel Kamakawiwo'ol „Somewhere Over The Rainbow" vorzusingen, ganz leise, nur für ihn, denn dieser Regenbogen würde auch nach seinem Tod uns verbinden.

Mir ist heute noch nicht klar, wie ich mit so vielen Tränen diese Melodie für ihn singen konnte. Meine

Stimme versagte mehrmals und Weinkrämpfe schüttelten mich. In diesem Moment wäre ich so gerne eine Stütze für ihn gewesen. Aber leider war ich es nicht. Wie immer war er der Stärkere von uns beiden, obwohl er davor stand, aus dem Leben zu scheiden.

Er starb gefasst, fast ein wenig glücklich und völlig emotionslos ruhig in meinen Armen.

Für mich brach meine kleine heile Welt zusammen. Zuvor hatte ich so etwas noch nie erlebt, einen Toten zu sehen, geschweige denn ihn im Arm zu halten. Bisher hatte ich in meinem Leben immer Angst vor dieser schrecklichen Krankheit Krebs gehabt und auch davor, mit dem Tod konfrontiert zu werden. Aber nun war mir die Angst vor dem Sterben genommen worden, denn es war für mich so beruhigend zu sehen, wie sanft er in die andere, hoffentlich bessere Welt gegangen war.

Nun war es an der Zeit, ich musste ihn hergeben, seinen Körper, seinen Geruch, seine Stimme. Als man mir meinen toten Liebling, meinen Geórgios, aus den Armen nehmen wollte, hielt ich ihn gewaltsam fest, so, als ob ich damit mein vergangenes Leben mit ihm hätte festhalten können. Aber was ich im Arm hatte, war nur noch sein lebloser Körper. Den Menschen Geórgios, den ich so geliebt hatte und noch immer liebe, der war nicht mehr bei mir.

Der Tod hat so etwas grausam Endgültiges!

Ja, ich wollte alles festhalten, in dem irrigen Glauben, ich könnte die Zeit der vergangenen vier Jahre damit an mich binden. Bisher hatte ich vergessen oder besser gesagt, ich wollte es nicht akzeptieren, dass man das Glück und einen Menschen nicht an sich binden kann, dass man darauf keinen Besitzanspruch hat.

Hatte ich es wirklich vergessen oder nur verdrängt? In all den vielen glücklichen Momente unseres Zusammenseins hatte ich geglaubt, dass man uns dieses Leben zu zweit noch lange gewähren würde.

Aber es kam anders, als wir es uns wünschten.

Wie zartgliedrig das Glück sein kann, spürte ich nun am eigenen Leib.

Das wahre reine Glück ist so spärlich gesät und es ist wie hauchdünnes Glas, so zerbrechlich.

Was seltsam war, war die Tatsache, dass mit Geórgios Ableben sofort meine körperlichen Defizite von früher wieder auftraten. Vehement verspürte ich meine Schmerzen in meinem verpfuschten Knie und die neuerdings durch Fehlbelastung entstandenen zusätzlichen Knochenprobleme. Der Mensch, der mir in diesen Jahren geholfen hatte, mein Leben und meine Lasten zu tragen und zu ertragen, war tot und schon rebellierte mein Körper darauf.

Diese Probleme sollten in meinem künftigen Dasein nie mehr verschwinden. Mein Geórgios hatte was mit in den

Tod mitgenommen, was mir nun so sehr fehlte, seine Kraft, seine Zuversicht und seine Liebe.

In Gedanken rechnete ich mir aus, wie viele Stunden, Tage und Monate wir uns gekannt hatten. In dieser Zeitspanne konnten wir nicht immer die gewünschten Augenblicke gemeinsam verbringen. Die räumliche Trennung war für uns nicht bedeutsam, denn wir gehörten zusammen und jeder wusste das. Wir waren insgesamt etwas über vier Jahre ein Paar, in denen wir uns hatten, in denen wir uns liebten.

Darin enthalten waren so wunderschöne Frühlingstage, in denen der so geliebte rote Mohn uns auf allen Wegen begleitete.

In all diesen Stunden und Minuten durften wir unsere Liebe leben!

Erst dieser Gedanke und diese Erkenntnis, dass das doch eine lange Zeit war, gab mir die Kraft, seinen leblosen Körper freizugeben. Loszulassen für das, was nun kommen musste, denn ich wollte nicht zulassen, dass man ihn so alleine in ein dunkles Loch legte!

Aber was hatte ich schon zu wollen!

NICHTS!

Jetzt ist es Zeit,
dass wir von hinnen gehen.
Ich um zu sterben,
ihr um zu leben.
Wer von uns aber einem
besseren Lose entgegengeht,
das weiß niemand,
als der Gott!

Platon

Kapitel 18

Jassy organisierte das Begräbnis und auch Lars und Angelo kamen zur Beisetzung. Gemeinsam standen wir am Grab. Zum Glück war Geórgios Mama vor geraumer Zeit schon verstorben. Den Verlust ihres geliebten Sohnes hätte sie nicht ertragen können.

In der Nacht, in der Angelo und Lars ankamen, schlief Angelo bei mir im Bett, so wie damals, als er so Liebeskummer hatte. Wir hatten uns eng umschlungen und wir beiden Mädchen weinten um einen geliebten Menschen. Aufgewühlt und auch ängstlich vor der bevorstehenden Beerdigung, lag ich in seinem Arm. Meine Hand ruhte auf seinem Bauch und dieser vibrierte wie immer durch all sein Schluchzen und seine Tränen. Angelo verstand mich, denn durch seine weibliche Seele litt er ebenso, wie das meistens nur Frauen können.

Aber am Tag darauf nervte mich Angelo erstmals, als er vor der Bestattung um mich herumtanzte und meinte: „Liebes, ich mache dir deine Haare schön und dann legen wir noch etwas „Foundation" auf!" Foundation, als ob ich das zu einem Begräbnis brauchen würde, ich würde sowieso alles mit meinen Tränen ertränken. Aufgeregt und hektisch, so wie es seine Art ist, hüpfte er um mich rum, als Lars der Kragen platze und er ihn richtig anpflaumte, was ich noch niemals in dieser Heftigkeit zuvor erlebt hatte. „Lass Inga jetzt endlich in Ruhe, du gehst ihr auf den Sack", raunzte er ihn an und da Angelo sich dessen gar nicht bewusst war, dass er so nervte, war er zuerst natürlich tödlich beleidigt, denn er hatte es doch nur gut gemeint.

Als er dann aber erkannte, dass seine Anregungen wohl nicht so passend waren, legte er in seiner sehr theatralischer Art und Weise seine kleine speckige Hand an seinen Kopf und meinte, typisch Frau: „Ach Chypsi, verzeih mir, es sind einfach die Nerven, die mit mir durchgehen!" Da Lars zu diesem Zeitpunkt mit ihm überhaupt keine Geduld hatte, schnauzte er ihn erneut an: „Wann lernst du endlich, dass sie „Inga" heißt?"

Liebe Leserinnen und Leser, Sie werden es mir bestimmt nicht glauben, aber Angelos Antwort darauf war: „Ach, Inga heißt du? Warum sagt mir denn das keiner?"

Das war Angelo, Ying und Yang in einer Person!

Nun standen wir gemeinsam am Grab. Die Öffentlichkeit war dazu ausgeschlossen.

Ich hatte mir von unseren Freunden gewünscht, meinem Abgott zum Abschied unseren Lieblingssong „Somewhere Over The Rainbow" zu singen.

Was wir dann auch taten.

Leider fiel dieser Song nicht so gefühlvoll aus, wie ich es mir gewünscht hätte, denn Angelo weinte und schluchzte in seiner bekannten und uns vertrauten Lautstärke das Lied so herzzerreißend, dass man das Gefühl hatte, er würde eine Hymne schmettern. Und wenn er nicht weinte, dann traf er so schrill und falsch die Töne dieses so einfühlsamen unter die Haut gehenden Liedes, dass wir uns kaum konzentrieren konnten.

Aber so war er nun mal, dieser kleine temperamentvolle Mann aus dem Süden, so lebte und so liebte er, und so trauerte er um einen geliebten Menschen, stets bühnengerecht und schwülstig.

Nach der Bestattung gab es ein schreckliches Gewitter und ein wahnsinniger Regenguss überschwemmte kurz die Straßen der Altstadt.

Sogar der Himmel weinte um ihn!

Nicht nur wir!

Besser ist es,
dass der Körper leide,
als die Seele!

Menandros

Kapitel 19

Nach der Beerdigung, als der Himmel wieder etwas klarer war, ging ich noch mal alleine zum Strand, dorthin wo wir so gerne saßen, wo wir so glücklich waren. Traurig und müde stand ich am Ufer und schaute auf die tosenden Wellen. Ich empfand sie heute als bedrohlich und wild. In diesem Moment hatte ich das Gefühl, dass sie unser Glück, unsere Liebe und meine Geborgenheit mit ins weite Meer nahmen.

Am nächsten Morgen flogen wir drei nach Deutschland zurück. Jassy wickelte all das ab, was noch zu tun war.

Zu Hause erlebte ich einige Tage später genau das, was ich auf Kreta gerade verlassen hatte!

Wieder Abschied, wieder Trauer und wieder Schmerz. Aber dieses Leid war anders. Man konnte beides nicht miteinander vergleichen. Erstaunlich war, dass ich noch ein Wunder erleben durfte, das ich in dieser Form niemals für möglich gehalten hätte. Mein Mann entschuldigte sich während seiner letzten Stunden bei mir für all die Leiden und Demütigungen, die ich durch ihn in unserer Ehe hatte ertragen müssen.

Ich hoffe und wünsche es mir so sehr, dass er sich auch gedanklich bei all den Frauen entschuldigte, die er nur benutzt hatte. Sein Leben lang war er ein leichtsinniger Mensch, Regeln gab es für ihn nicht. Egoistisch waren immer nur seine Bedürfnisse für ihn wichtig. Andere konnten dabei auf der Strecke bleiben.

Er war ein fremdgesteuerter Mann, wenn es um Frauen ging, leichtlebig und unbekümmert ob der Folgen, die seine Taten hatten, unachtsam und nachlässig und er hatte keine Spur von Verantwortungsgefühl. Er kompensierte durch außerhäusliche Sexerlebnisse generell seine Eitel- und Mittelmäßigkeit. Fremdgehen war für ihn das Symbol für Männlichkeit. Als er älter wurde, versuchte er noch seine Jugend damit zurückzuholen.

Was er an Schmerz und Leid bei Frauen und natürlich auch bei den betroffenen Kindern durch seinen Charakter und seine Feigheit hinterließ, registrierte er nicht. Es veranlasste ihn nicht, darüber nachzudenken, was ein Mensch empfindet, wenn er einfach deklassiert und ausrangiert wird. Ein eventuelles Reflektieren seiner Hinterlassenschaften wurde durch Verdrängen reguliert.

Es liegt mir fern, ihn für sein Verhalten zu brandmarken, aber das war wohl seine Art zu Leben.

Für mich war es ein wahres Wunder, dass er mir die Gnade seiner Reue noch gewährte. Denn meine Seele brannte all die Jahre so sehr nach diesem Bekenntnis.

Jetzt endlich konnte ich meinen Frieden mit ihm machen.

Endlich!

Dafür danke ich ihm!

Ich fragte mich immer, wie es kam, dass ich mich ihm verweigerte und er natürlich dann eigene Wege ging. Gewiss gab es nicht nur einen Anlass dafür, es waren vielfältige Gründe für mein Verhalten. Es kam eines zum anderen, es war ein schleichender Vorgang. Da er sich keiner Verantwortung stellte und alles auf meinen Schultern ausgetragen wurde, zog ich mich zu meinem Schutz in mein Schneckenhaus zurück und begann mich von ihm zu distanzieren. Ab einem bestimmten Punkt war er für mich auch nicht mehr begehrenswert, denn auch der Sex konnte all die Mäkel seiner Persönlichkeit nicht mehr wettmachen und auslöschen.

Ich hatte keine Achtung mehr vor ihm.

Hinzu kam, dass sein Körpergeruch sich mit den Jahren so verändert hatte und er mich auch deswegen nicht mehr antörnte. Als wir uns kennenlernten, signalisierte er einen absoluten Duft von Männlichkeit und Stärke. Ich fühlte mich sofort bei ihm geborgen, was aber ein totaler Trugschluss war. Wenn er mich in seine Arme nahm, hatte ich immer das Gefühl, dass meine behütete Kindheit zurückgekehrt war.

Aber das war ein Irrtum. Nicht er war stark, nein ich musste es immer sein. Ich war diejenige, die all seine Kalamitäten des Alltags ausbaden und regulieren musste.

Ich war es, die die Kohlen aus dem Feuer holte, wenn er mal wieder etwas verbockt hatte. Ich war es, auf deren Schultern alles lastete. Ich war es, die die gravierenden Unterhaltszahlungen seiner Vergangenheit in unser Alltagsbudget einplanen musste.

Seine Intelligenz, die mir zu Beginn unserer Beziehung so imponierte, entsprach nicht dem eigentlichen Inhalt dieses Wortes, denn es war leider nur ein angelesenes und antrainiertes Wissen. Er verfügte über keinerlei Lebensklugheit und kein Geschick, wie man kritischen Situationen begegnet und diese meistert. Daher kam es in seinem Leben zu ständigen Katastrophen, deren Folgen ich natürlich mittragen musste. Niemals konnte er Fehler zugeben, es waren immer die anderen an seinem Fiasko schuld.

Irgendwann ließ ich ihn erkennen, welch ein schwacher Mensch er eigentlich war. Da nützten ihm auch seine breiten Schultern nichts mehr, auf die er so stolz war. All diese Äußerlichkeiten brauchte er, um seinem angeschlagenen Ego gerecht zu werden. Natürlich war es dann nur normal, dass er sich die Bestätigungen seiner Männlichkeit bei anderen Frauen suchte, denn von mir bekam er sie nicht mehr.

Wenn er dann von seinen „Geschäftsreisen" zurückkam, roch er nach diesen anderen Frauen. Während dieser Zeit hätte ich mich übergeben können, so widerlich empfand ich das. Ich kann heute nicht mehr genau beschreiben, was ich empfand, als ich dann noch die langen blonden Haare seiner Geliebten auf seiner Kleidung fand und deren Dessous in seinem Koffer. Ich habe nur noch in meiner Erinnerung, dass es schrecklich schmerzte.

Das Ende unserer Ehe war eingetreten.

Von da an war ich nicht mehr seine Frau, in keiner Beziehung.

Als ich mich scheiden lassen wollte, verdeutlichte mir der damalige Anwalt schonungslos, dass ich bedingt durch mein Alter (damals war ich noch nicht mal 48 Jahre) schlechte Karten hatte, denn mein Mann müsste nach dem aktuellen Gesetz keinen Unterhalt für mich bezahlen, obwohl er ein gutes Einkommen als Staatsdiener hatte. In all den Jahren unserer Ehe hatte ich unser zusätzliches gemeinsames Geschäft betrieben, das nicht so viel abwarf, als dass ich hätte davon leben können. Es waren verschiedene Gründe, warum ich diesen Betrieb alleine nicht führen konnte, die ich aber hier nicht aufführen möchte.

In unserer ländlichen Region bekam ich zum damaligen Zeitpunkt aufgrund „meines Alters" keinen adäquaten Job, mit dem ich meine Existenz hätte sichern können. Auch wollte niemand eine ehemalige „Selbständige" einstellen, da man vermutete, dass es mir an „Team Fähigkeit" mangelte. Heute wäre das alles anders verlaufen, denn derzeit sucht man gestandene und erfahrende Mitarbeiter.

Aber damals waren das noch andere Zeiten.

So wurde ich in eine Abhängigkeit getrieben, die ich so nicht wollte. Und notgedrungen passte ich mich an, diesem für mich so beschissenen Eheleben.

Daher war es für mich von so zentraler Bedeutung, dass ich noch erleben durfte, dass er sich bei mir entschuldigte. Im Grunde war er ein lieber Mensch, aber durch seine teilweise wirklich schlimmen Erlebnisse in seinem Leben, hafteten ihm gewaltige Ängste an, denen er sich nie stellte. Er hätte eine gute Therapie gebraucht, um all das aufzuarbeiten, was er an wirklich lebensbedrohlichen Erfahrungen seit seiner Kindheit durch die Nazis erlebt hatte. Aber so etwas war ja unmännlich! So mutierte er zu einer tragischen Figur, die schwach war. Um all das zu vertuschen, trainierte er sich eine großspurige und angeberische Lebensart an.

Heute, nachdem ich älter und reifer geworden bin, kann ich ihn besser verstehen, als es mir jemals während unserer Ehe möglich war. Im Prinzip suchte er bei mir nur Schutz und Geborgenheit und daher war ich für ihn nicht die sexuell anziehende Frau, wie es in einer Ehe sein sollte. Nein, für ihn war ich ein gewisser Mutterersatz, die ihn beschützte, die ihn behütete, die ihn in den Arm nahm, wenn er wieder seine Albträume hatte.

Aber das dämmerte mir erst in den letzten Monaten unserer Ehe.

Ich habe oft mit Geórgios darüber gesprochen und er verhalf mir, die Schwächen meines Mannes besser zu verstehen.

Kurios, mein Geliebter ermöglichte mir, meine bankrotte Ehe besser zu analysieren.

Geórgios war auch immer derjenige, der mich bat, für meinen kranken Mann mehr Geduld und Verständnis aufzubringen, da auch er nur ein Opfer seiner Dogmen war und die Last seines Lebens nicht einfach abschütteln konnte. Er war bereits als junger dynamischer Mann dazu nicht in der Lage und nun als kranker Mensch schon gar nicht.

Wenn ich ehrlich bin, so hatte er sich ein wirklich belastendes Leben ausgesucht. Mit meinem heutigen Wissen über solche Dinge befürchte ich, dass er das Ziel seines selbst gewählten Seelenplans nicht erfüllen konnte.

Er war nicht bereit, zu wachsen.

Er war nicht bereit, sich zu entwickeln.

Ob er in einem weiteren Leben all diese Qualen noch einmal durchmachen muss?

Ich wünsche es ihm nicht!

Wirklich nicht!

Nach ein paar Wochen bemerkte ich verwundert, dass ich meinen Mann sogar vermisste. Dieses Gefühl hätte ich niemals für möglich gehalten. Im Nachhinein waren, Gott sei Dank, fast nur noch die anfänglichen glücklichen Zeiten unserer Ehe in meinem Herzen manifestiert.

Damit ließ es sich für mich leichter leben.

Zum Glück ging es meiner Tochter besser. Sie war stabil und auf dem Wege der Besserung. Das war ein steiniger Weg für sie, aber sie schaffte es, ihr Leben wieder in die eigenen Hände nehmen zu können. Darüber war ich unsagbar glücklich, denn so viel Sorgen auf einmal kann ein Mensch nicht ertragen.

Und ich schon gar nicht!

Denn ich hatte keine Kraft mehr.

Für NICHTS!

Als alle Formalitäten und der ganze Papierkram abgewickelt waren, trat das ein, wonach ich mich in gewissen Zeiten meines Lebens immer gesehnt hatte - nach Ruhe!

Und nun hatte ich Ruhe!

Und Zeit, viel Zeit für mich und meine Gedanken.

Aber diese ungewohnte Stille machte mich aggressiv und zappelig. Ich konnte damit nicht umgehen, denn ich hatte es nie gelernt, alleine mit mir zu sein. Mein bisheriger Lebensplan hatte mich darauf nicht vorbereitet.

Wie konnte es anders sein, ich fiel in ein tiefes Loch.

Der Stress der vergangenen Monate hatte mich nervlich auf den Hund gebracht. Vor meiner Abreise aus Rethymnon hatte ich mir noch heimlich ein von Geórgios getragenes T-Shirts und seinen Kopfkissenbezug eingepackt, denn ich wollte seinen Geruch mitnehmen, den ich immer so geliebt hatte. Leider war dieser bald verflogen.

Meine Tochter erzählte mir einmal, dass man nach einem Todesfall zuerst die Stimme des geliebten Menschen vergessen würde. Davor hatte ich Angst. Daher nahm ich die Kassette aus seinem Anrufbeantworter mit nach Deutschland. Ich wollte seine Stimme in meinem weiteren Leben immer hören können. Was aber leider eine Fehlplanung war, denn auf dieser Kassette war nur ein Kratzen zu hören, sonst nichts.

Wenn ich am Abend in meinem Bett lag, sprach ich mit ihm. Weinend erzählte ich meinem Liebling, wie sehr er mir fehlte, wie sehr ich alleine ohne ihn war, und ich vernahm seine beruhigende Stimme mit den Worten: „Inga, Liebling, sei nicht traurig, ich bin doch immer bei dir!"

In der Nacht dachte ich oft, dass ich ihn spüren würde und ich bin ganz sicher, dass er ab und zu auch bei mir im Bett lag. Wenn ich verzweifelt war, dann bat ich ihn um Beistand und ich war der Meinung, dass ich mich danach getrösteter fühlte. Egal, auch wenn ich mir das alles nur einbildete, diese Dinge halfen mir in jeder Mi-

nute und jeder Stunde, in denen ich ohne ihn sein musste.

Früher hatte ich es mir nie vorstellen können, dass es
solch einen Zustand der Hoffnungslosigkeit, der Leere
und der Trauer geben kann.

Doch, es gibt ihn und er tut so schrecklich weh!

Wenn ich in meinen jüngeren Jahren unter Liebeskummer litt, kannte ich schon diese Trostlosigkeit, aber
damals gab es immer noch eine Perspektive, egal auf
was. Aber heute war das alles anders. Damals war ich
noch jung und nun war ich eine ältliche Frau, ohne den
geliebten Menschen an meiner Seite und ohne seine Liebe. Aber beides hätte ich nun zu meinem weiteren Leben
so dringend gebraucht.

Aus meiner Erinnerung heraus wusste ich, dass es der
Seele guttut, wenn man all den belastenden Kram aus
seinem Umfeld aufräumt, in dem man sich von alten Dingen trennt und diese entsorgt. Das tat ich und ich begann, alles auszumisten, was sich in den letzten Jahren
angesammelt hatte. Ich war und bin kein Messy, wirklich
nicht, aber es war bisher eine Schwäche von mir, dass
ich immer dachte, ich müsste mit einem guten Vorrat
leben, egal von was. Das scheint noch ein Bedürfnis aus
meiner Kindheit zu sein, denn meine Mutter, die die
Kriegswirren erlebt hatte, hob auch alles auf, pflegte
und hütete es und warf es dann nach 15 Jahren doch
weg. Ich kann mich erinnern, dass ich beim Ausräumen

meines Elternhauses unter dem Dach noch gut verpackte Kisten mit meinen Babysachen fand, die voller Mottenlöcher waren. Aber Mutti hob sie trotzdem auf. Vielleicht waren es auch noch liebevolle Erinnerungen an meine Baby Zeit, die sie sich so bewahren wollte. Im Keller standen diverse vollgestopfte Regale mit eingemachtem Obst, das bestimmt 10 Jahre zuvor mühsam von Mutti eingeweckt worden war und die gelagerten Einweckgläser von ihr sicherlich unter großer Mühe immer wieder gereinigt wurden. Und so oder ähnlich war ich auch. Das hatte ich wohl so anerzogen bekommen. Daher hortete ich alles sehr ordentlich und lebte all die Jahre mit diesem unnötigen Ballast.

Kistenweise schleppte ich nun alle alten Dinge zu Containern oder verschenkte sie, wie z. B. Sachen, die ich jahrelang im Keller aufgehoben hatte. Man wird es nicht glauben, aber ich fand dort noch sehr gut verpackte Übergardinen, die ich vor fast 30 Jahren einmal in meiner Wohnung hatte und von denen ich mich nie trennen wollte, da ich sie damals so schön fand.

In vielen Kisten, ganz hinten im Kellerraum, waren Weihnachtskugeln und Adventsdekorationen gehortet, die ich auch schon seit vielen Jahren nicht mehr benutzt hatte. Alte Bücher, alte Ordner noch aus meinen Geschäftszeiten, Autoputzartikel und dergleichen fielen mir in die Hände, alles Dinge, die die Rumpelkammer prall gefüllt hatte und schon lange nicht mehr benötigt wurden.

Voller Elan packte ich all diese alten Sachen in Kisten. Ich konnte mich noch gut daran erinnern, dass mir vieles davon früher total wichtig war und ich all diese Dinge als dringend notwendig erachtet hatte. Aber heute war das alles nur noch Ballast für mich. Ich fand Bettwäsche und Tischdecken in solchen Mengen, dass ich mich fragen musste, was ich früher für seltsame Mengenbedürfnisse hatte. Kein Mensch der Welt hat in meinem Alter noch den Bedarf an all diesem Kram. Kaffee- und Speiseservice in drei verschiedenen Dekors, natürlich komplett, Schalen aus Cromargan, Blumenvasen, Kerzenständer, Bücher über Bücher, Modezeitschriften aus den 80er Jahren, Schallplatten, CDs und Videobänder von Systemen, die es schon seit Jahren nicht mehr gab. Mein Gott, welche Anhäufungen an unnützen Dingen ich mir in all den vergangenen Jahren auferlegt hatte. Eine gute Bekannte konnte zum Glück all diese Dinge noch gut auf dem Flohmarkt verkaufen.

Es ist nicht zu glauben, aber ich fand z. B. auch hunderte von Pflasterstreifen und verpackte Papiertaschentücher, die ich immer unterwegs gekauft hatte, da ich mal wieder diese wichtigen Utensilien nicht in meiner Handtasche griffbereit hatte. Zu Hause wurde das dann alles gehortet, natürlich ordentlich in meinen Schränken. Natürlich klebten die Pflaster schon lange nicht mehr, so alt waren sie.

Als ich dieses Zeug alles gesichtet und teilweise verschenkt oder entsorgt hatte, war mein Enthusiasmus verschwunden und der Rücken tat mir weh, aber es hatte mir leider nicht zu meiner inneren Ruhe verholfen.

Dann begann ich zu putzen und teilweise auch zu renovieren. Meine Wohnung blinkte in neuem Licht. Aber mein Inneres leider nicht. Trotz all meiner Aktionen erlebte ich keine Klarheit und vor allen Dingen keinen Trost in meiner Seele. Alles war dort noch immer dunkel und ich hatte das Gefühl, dass es von Tag zu Tag trister wurde.

Früher hatte ich mir gerne ausgefallene Kleidungsstücke genäht oder ich war unterwegs, um zu fotografieren.

Aber all das wollte ich jetzt nicht!

Dann begann ich vier Wochen lang zu kochen und das in Ausmaßen, als ob ich ganze Fußballmannschaften versorgen sollte. Meine Gefriertruhe war prall gefüllt und in den kommenden Wochen und Monaten hätte eine Hungersnot ausbrechen können und meine Nachbarn, Freunde und auch die kleine Familie meiner Tochter und ich wären daran nicht zugrunde gegangen, so viel hatte ich vorgekocht und eingefroren.

Es folgte meine Backphase. Mit der erging es mir auch nicht besser, aber mein Umfeld fand das super, mit guten Kuchen verwöhnt zu werden.

Allerdings freuten sich auch meine Fettzellen, die ich über Jahre in Grenzen halten konnte. So langsam wurde ich immer dicker. Meine Koch- und Back Wut zeigten an meinen Hüften klare Spuren. Ich hatte über zehn Kilo zugenommen und war richtig aus dem Leim gegangen, was meiner Gesundheit und besonders meinen Knochen nicht guttat.

Aber all das half mir nicht, in meinem Leben nun klarzukommen.

Folglich hatte ich die nächste Phase, um mich abzulenken. Ich quälte mich wochenlang mit Sport, soweit es mit meinen morschen Knochen möglich war. Wieder so übertrieben und exzessiv, wie es anscheinend meine Art geworden war, meinen Frust auszuleben. Jeden Morgen fuhr ich ins Fitness Center und am Nachmittag ging ich noch walken oder schwimmen, soweit es meine alten Knochen zuließen. Aber diese Gewaltkur war wenigstens dazu gut, mein Gewicht wieder etwas zu reduzieren und ich dadurch meiner Gesundheit etwas Gutes tat.

Mein Umfeld war über meinen Zustand besorgt, da ich mich von jedem distanzierte. Es war mir nicht möglich, Menschen zu ertragen. Nur die Hunde meiner Tochter durften meine Begleiter sein. Seltsamerweise gaben mir diese Vierbeiner immer etwas Trost.

So vergingen die ersten Monate, in denen ich alleine lebte. So sehr ich mich auch ablenkte und versuchte mich neu zu strukturieren, ich bekam mein Leben nicht in den Griff!

Das allerschlimmste in dieser Zeit war allerdings die Tatsache, dass mein Kopf leer war. Ich hatte keinerlei Inspirationen, etwas zu schreiben.

Rückblickend kann ich mich gut erinnern, dass ich mir früher immer sehnlichst gewünscht hatte, mein Leben nur nach meinen Wünschen und Zeitplänen gestalten zu dürfen, dass ich Zeit und Muße haben würde, meine Romane zu schreiben, wie und wann ich es wollte. Und nun hatte ich beides, Zeit und Ruhe, aber ich konnte damit jetzt nicht umgehen.

Es fiel mir nichts ein, rein gar nichts!

Selten hatte ich in meinem Leben so eine Blockade. Mein Kopf bestand anscheinend nur noch aus Seifenblasen und meine Ideen waren nicht mehr die, die sie einmal waren. Vielleicht brauchte ich zum Schreiben den Zeitdruck, so wie ich es immer gewohnt war, oder den Zustand, dass ich mir die Zeit zum Schreiben stehlen musste?

Wusste ich es?

Nein, ich konnte es nicht beantworten!

Jetzt war es so, dass ich vor dem PC saß und mein Kopf gab meinen Fingern keine Impulse für Inhalte und Texte, die sie hätten auf den Bildschirm zaubern können. Früher war das immer in Windeseile passiert, oft viel zu schnell, sodass ich mehrmals die Texte korrigieren musste, um meine hingeschluderten Tippfehler auszubessern - aber nun kam nichts! Momentan war ich noch nicht mal in der Lage, verbal einen gescheiten Satz zu bilden, geschweige denn den Inhalt eines ganzen Romans zu verfassen.

Um mich abzulenken, ging ich mit den kleinen Hunden meiner Tochter spazieren und ließ meine Gedanken schweifen, aber auch dabei fiel mir einfach nichts ein. Abends lag ich im Bett, hatte Geórgios Shirt im Arm und dachte nach. Aber alles was mir da in den Sinn kam, das war immer nur mein Geórgios. Vor mir sah ich sein Gesicht, ich fühlte seine Hände und sah seine gütigen Augen.

Diese vergangenen Wochen waren für mich die Hölle, da ich mir so verlassen und alleine vorkam. Nicht nur, da ich in kürzester Zeit zwei Menschen verloren hatte, nein auch dadurch, dass ich nicht schreiben konnte. Es war so eine unendliche Leere und Einsamkeit, die ich verspürte, auch wenn ich unter Menschen war. Meine Tochter sorgte sich aufopfernd um mich, aber ich war und blieb alleine. Nicht nur räumlich, nein auch in meinem Herzen verharrte dieser Zustand.

Es tat ihr in der Seele weh, meine Qualen mit ansehen zu müssen und daher buchte für uns kurzerhand Flüge nach Kreta und die Unterkunft in einem Hotel in Rethymnon, meiner kleinen lieb gewonnenen Stadt, mein Stück Venedig – mitten auf Kreta.

Eigentlich wollte ich diese Insel nie mehr in meinem Leben betreten, aber was geht mich mein Geschwätz von früher an.

Ja - ich wollte dort hin, ich wollte es so sehr!

Als Naturwesen bleibt der Mensch
an den Körper gebunden,
als Geisteswesen
aber hat er Flügel!

Platon

Kapitel 20

Schon am Airport war alles anders!

Kein Geórgios stand mit einer Rose dort und wartete auf mich!

Kein Mohn blühte, der mich begrüßte!

Niemand wartete auf uns, niemand!

Nun waren wir nur Touris, wie alle anderen auch. Wir mieteten uns ein Auto und fuhren nach Rethymnon. Mittlerweile kannte ich mich auf der Insel sehr gut aus, da ich oft mit Geórgios unterwegs war, wenn er was erledigen musste.

Meine Tochter und ich parkten unseren Wagen in Rethymnon auf dem großen Parkplatz, so wie es dort alle aufgrund des Parkverbotes in der alten Stadt tun. Die riesige Festung Fortezza am Meer erschien mir in meiner momentanen psychischen Verfassung dunkel und bedrohlich. Die Venezianer hatten sie einst zum Schutz gegen die Türken erbaut. Aber es hatte ihnen nichts genützt, sie wurden trotzdem überrannt. Bereits damals war es schon so, dass man sich nicht vor allem Übel schützen konnte.

Und das ist bis heute immer noch so geblieben!

Wir schleppten unsere Koffer zum Hotel und checkten ein.

Meine Tochter empfand zu meiner Freude diese Stadt genauso faszinierend und beeindruckend, wie ich es bereits bei meinem ersten Besuch vor vielen, vielen Jahren empfunden hatte. Zu unserer Begrüßung schlug laut die Kirchturmuhr des Doms die volle Stunde, als wir um die Ecke bogen.

Ich blühte auf, hier in den engen Gassen der Altstadt. Sie erinnerten mich immer wieder an die verschlungenen Wege der Wasserstraßen von Venedig. Noch heute waren die grandiosen Eingangsportale der alten Palazzi zu sehen, die an die Blütezeit der Stadt unter den Venezianern erinnerten. Die großen Bögen aus Stein im Erdgeschoss vieler Häuser waren mehr als imposant. Sie boten im Sommer Schutz vor der sengenden Sonne. Trotz allem touristischem Trubel blieben zum Glück, aufgrund der Enge der Altstadt, der Charme und die Idylle dieses reizvollen Juwels erhalten.

Wir gingen durch die kleinen Gassen. Glücklich zeigte ich meiner Tochter alles - die Sehenswürdigkeiten, die kulturellen Schönheiten, aber auch die schönen Geschäfte und die gemütlichen kleinen Lokale und Cafés und ganz zum Schluss gingen wir in den kleinen venezianischen Hafen in das Lokal, das einmal Geórgios Mutter gehört hatte.

Die Stühle, Tische und Bänke standen wie immer bis dicht am Ufer, kein Zentimeter Platz war verschenkt worden. Das war das Besondere daran, man saß da, speiste und direkt neben an war das Wasser des Hafens, in dem man sich als Gast widerspiegelte.

Das Lokal war mittlerweile an eine junge Frau verkauft worden. Es wurde im gleichen Stil wie bisher weiter geführt. Es war genau die gleiche Einrichtung des Lokals, genau die gleichen traditionellen Speisen mit den alten Rezepten, aber es fehlte etwas, etwas ganz Wichtiges.

Es fehlten die Seelen von Geórgios und seiner Mutter! Es fehlte die Herzlichkeit der beiden, wie sie ihre Gäste immer begrüßt und bewirtet hatten.

Meine Tochter und ich saßen am Ufer und beobachteten die Möwen, die rotze frech in Sturzflügen die hingeworfenen Brotstückchen der Gäste fingen. Wir hörten das Wasser am Ufer plätschern und die Menschen um uns lachen. Wir rochen den typisch leicht modrigen Geruch des alten Hafens und die Speisen, die dort angeboten wurden und wir atmeten das Flair ein, das in diesem kleinen Paradies so stark war.

Und mir war, als ob ich Angelos Lachen hören würde!

Ich speicherte alles in mir ab, damit ich es abrufen konnte, wenn ich es zu Hause wieder brauchen würde.

Meine Tochter und ich suchten noch andere Plätze auf, an denen wir so glücklich waren, mein Geórgios und ich. Wir gingen zu der kleinen Bucht, in der wir so oft badeten und dann Arm in Arm dort saßen und den Wellen zusahen. Es war die Stelle, an der ich immer den feinen Sand durch meine Finger rieseln ließ und mein Liebling mir gefühlvolle Lieder vorsang, ganz leise, nur für mich. Und immer und immer wieder hatte ich mir von Geórgios das Lied „Somewhere Over The Rainbow" von dem wunderbaren hawaiianischen Sänger gewünscht, der leider so jung verstarb.

Meist war es so, dass er dort zeichnete und ich arbeitete an meinen Manuskripten und wenn ich wieder ein Stück geschrieben hatte, las ich es ihm vor.

Welch eine paradiesisch schöne Zeit das war!

Meine Tochter und ich suchten die kleine Galerie mit der Werkstatt - aber das schiefe grüne Tor zum kleinen Haus war verschlossen. Drinnen sah ich, dass gearbeitet wurde und ich klopfte ans Fenster.

Jassy machte mir auf.

Weinend lagen wir uns in den Armen.

Das Wiedersehen war zu viel für uns.

Jassy war dabei die Kunstobjekte von Geórgios zu verpacken. Er wollte sie nach Deutschland verschiffen. Dort hatte er noch einige Ausstellungen ausmachen können. Alleine wollte er diese Galerie in Rethymnon nicht mehr führen. Er plante alles aufzugeben, zu verkaufen, um zurück nach Deutschland zu gehen. Auch für ihn war Kreta, ohne Geórgios, nicht mehr das, was es einmal war. Heimat, Schutz, Zuneigung, Vertraut- und Geborgenheit, all das gab es hier für ihn nicht mehr.

Jassy hatte sich für die Zukunft ganz in meiner Nähe in Rosenheim ein großes Haus gemietet, anscheinend konnte er es sich leisten. Von dort aus verwaltete er in den kommenden Wochen Geórgios künstlerischen Nachlass mit großem Erfolg.

Am Abend bat er mich mit ihm zu einem Notar zugehen. Dort erfuhr ich, dass Geórgios Jassy und mir seine Kunstobjekte, insbesondere die Zeichnungen vererbt hatte.

Durch den Tod von ihm war der damalige aktuelle Marktwert sehr angestiegen und so waren seine Objekte ein kleines Vermögen wert. Jassy sollte vom Verkauf 50 % erhalten und ich den Rest. Von dem Erlös der Pension und des Lokals sollten 25 % der Gesamtsumme an bedürftige Menschen hier auf Kreta gespendet werden, der Rest war wieder unser gemeinsames Erbe. Sogar meiner Tochter hatte Geórgios eine beträchtliche Summe hinterlassen.

Er hatte sie kennen und lieben gelernt.

Aber Jassy und ich wollten das Geld nicht. Wir vereinbarten bei dem Notar, dass alle Erlöse an Kinderheime in Griechenland und Deutschland gespendet werden sollten.

Als die Kunstszene in München von Geórgios Tod erfuhr, schnellten die Preise in den Galerien in schwindelnde Höhen. Es ist so makaber, aber die Leute rissen sich um die noch verbliebenen Objekte des verstorbenen Künstlers.

Geórgios war in den vergangenen Jahren recht betucht geworden, aber er hatte es mir nie erzählt, denn Geld bedeutete ihm nichts!

Es hatte ihm nie etwas bedeutet!

Nun war es so, dass durch die Veräußerungen des Gästehauses und des Lokals, sowie durch den Verkauf seiner Objekte, eine beträchtliche Summe angewachsen war, die hier im Gespräch stand. Aber wie schon erwähnt, Jassy und ich wollten diese Gelder nicht. Sie sollten nach unseren Wünschen ausnahmslos gespendet werden.

Am Ende unseres Gespräches übergab mir der Notar einen dicken Brief von Geórgios. Mich überfiel eine lähmende Angst ihn vor Jassy und dem Anwalt zu öffnen. Daher steckte ich ihn schnell in meine Tasche.

Mein größter Wunsch war es, noch so viele Orte dieser Insel aufzusuchen, an denen wir beide so glücklich waren. Meine Tochter und ich fuhren ins Landesinnere. Wir suchten das herrliche Kloster Arkadi auf, dessen Charme ich schon vor vielen Jahren erlegen war. Dort hatten Geórgios und ich bei einem Ausflug unseren ersten gemeinsamen Tag auf Kreta verbracht.

Noch immer besaß das Kloster diesen Zauber, der mich und Geórgios immer wieder erneut gefangen genommen hatte. Wir waren mehrmals in den vergangenen Jahren dort auf dieses Plato gefahren und immer wieder entzückt, von der Magie dieser Abtei. Meine Tochter empfand das ebenso wie ich. Auch sie war gebannt von diesen alten Mauern und schiefen Fenstern, von den ausgetretenen Treppen, von dem Hauch einer anderen Epoche und der starken Atmosphäre, die dort herrschte.

Diese Mauern hatten so viel in den vergangenen Jahrhunderten erlebt. Sie hatten so viel zu erzählen, man musste ihnen nur in Ruhe zuhören!

Am Abend kehrten wir in der kleinen Pension ein, in der Geórgios und ich oft übernachtet hatten. Auch dorthin waren wir immer wieder gerne gefahren. Immer wünschten wir uns das gleiche Zimmer, in dem wir unsere erste gemeinsame Nacht auf Kreta verbracht hatten. Mittlerweile gab es mehrere kleine Räumlichkeiten und meine Tochter schlief in einem dieser neuen Räume.

Ich lag alleine in dem großen Bett des Zimmers, das mir aus unseren gemeinsamen Übernachtungen so vertraut war und ich fühlte Geórgios, wie er neben mir lag, sah sein Gesicht vor mir, wie er schlief, sah seine verwuschelten Haare, die ihn für mich am Morgen immer so unwiderstehlich gemacht hatten, hörte seine Stimme und sein Schnarchen, alles war für mich präsent, alles. Diese Vertrautheit machte mich seit vielen Wochen wieder ruhig, ja sogar richtig glücklich. Endlich fühlte ich mich aufgehoben und beschützt, verstanden und nicht mehr alleine.

Zögernd öffnete ich den dicken Umschlag von Geórgios und den Brief, der u.a. darin lag. Mit Herzklopfen begann ich ihn zu lesen. Auch hier möchte ich unsere Privatsphären schützten. Ich gebe nur an meine Leser weiter, dass er sich hierin, unter anderem, für die glücklichste Zeit seines Lebens bei mir bedankte, für die schönen Augenblicke, die wir gemeinsam erleben durften und er legte ein kleines Büchlein bei, indem er jede Stunde mit der entsprechenden Beschreibung unseres Glücks fein säuberlich notiert hatte, jede Stunde in all den vielen Jahre.

Das zu lesen tat mir gut und gleichzeitig so unermesslich weh, ich musste wieder weinen. Alle Momente unseres Glücks lagen nun in meinen Händen. Seine schöne Handschrift werde ich immer vor Augen haben. Noch heute begleitet mich dieses kleine rote, sehr abgegriffene Notizbuch auf all meinen Wegen, ich trage es in meiner Tasche, ich lege es unter mein Kopfkissen und ich trage es in meinem Herzen. Inzwischen sieht es sehr „abgeliebt" aus und ich kenne jede Eintragung dieses Buches auswendig, so oft habe ich es schon gelesen.

Es beruhigt mich immer, wenn ich seine Schrift sehe!

Auch etwas von ihm, das mir geblieben ist!

Das Maß des Lebens ist eine Leistung
an Gutem,
nicht an seiner Länge!

Plutarch

Kapitel 21

Jetzt, hier in diesem Bett, war es mir endlich möglich, mich von Geórgios zu verabschieden, von ihm und von Kreta, den beiden großen Lieben in meinem späten Leben.

Als ich in Rethymnon wieder mit meiner Tochter ankam und uns die alte Festung wie gewohnt begrüßte, ging ich mit ihr an sein Grab und an das seiner Mutter. Ich konnte dort nicht lange bleiben, es erdrückte mich.

Mir stockte das Herz, was ich dort sah. Neben dem Findling seines Grabes stand eine ganz kleine, halb verwelkte und fast abgeblühte Blume. Es war ein roter Mohn auf einem langen, sehr dünnen und wackligen Stiel. Er ließ die Blättchen der Blüte bereits hängen und einige waren schon abgefallen. Meine Tochter und ich sahen uns an und wir hatten die gleichen Gedanken. Ja, diese Blume hatte mir mein Liebling geschickt und sie hatte auf mich gewartet. Vorsichtig pflückte ich sie ab und legte sie in Geórgios kleines Tagebuch. Mittlerweile sind fast alle Blumenblättchen abgefallen, aber der Stiel ist noch komplett erhalten.

Wir suchten uns den Weg zurück zum Hotel, was in diesen verwinkelten Straßen auch diesmal wieder nicht so einfach war. Unsere Koffer waren bereits gepackt. Wir waren zum Aufbruch gerüstet.

Jassy holte uns ab und fuhr uns zum Flughafen. Dort gab es beim Abschied wieder bittere Tränen und als das Flugzeug startete und ich die Insel immer kleiner werden sah, weinte ich hemmungslos. Schon damals hatte ich so eine Vorahnung gehabt, dass ich wohl nie wieder diese Insel betreten würde.

Denn hier hatte ich zwei große Lieben zu Grabe getragen, Kreta und die zu Geórgios.

Durch meine Erinnerung an Geórgios verweilten meine Gedanken sehr oft auf Kreta und ich glaube, im Nachhinein war alles noch viel schöner und größer und besser, als es damals in Wirklichkeit war. In meinen späteren Erinnerungen waren die starken Herbst- und Winterstürme total ausgelöscht. Für mich gab es diese Insel nur mit Sonne und dem unübertrefflich blauen Meer, das unermüdlich seine Wellen an die Strände spülte.

Das ist das Schöne an uns Menschen. Das Gehirn spielt uns oft einen Streich und wenn man Glück hat, darf nur das Gute im Sinn verbleiben und das Schlechtere verblassen.

Und ich hatte dieses Glück! Das Gute, das wuchs in meiner Erinnerung zu einem Juwel, das es eigentlich so doch gar nicht gibt.

Geórgios und ich hatten eine Liebe zu dritt, eine besondere Liebe im Alter, die Liebe zu uns und zu Kreta. Als meine Tränen im Flugzeug dann endlich versiegt waren, gab mir meine Tochter einen wunderschönen flachen Stein in die Hand. Sie hatte ihn heimlich am Grab von Geórgios mitgenommen, als Erinnerung für mich an die vergangene Zeit mit ihm.

Während des Fluges nahm meine Tochter liebevoll tröstend meine Hand.

Es tat mir so gut!

Auch dieser Stein ist immer bei mir und ich habe so den Eindruck, dass er mittlerweile noch viel flacher geworden ist, so oft habe ich ihn in der Hand und streichele ihn!

Ein Stück Kreta ist jetzt für immer bei mir!

„Ich wollte alles so gerne festzuhalten…." So heißt der Untertitel meines Buches und ich frage mich oft, was wollte ich eigentlich festhalten? Geórgios, das Glück, die Liebe, das Leben?

All diese Dinge kann man auf Dauer nicht binden und schon gar nicht besitzen. Wie hatte Geórgios es damals formuliert: „Es ist alles nur geliehen, ausgeliehen an uns Menschen, für einen kurzen Abschnitt unseres Lebens. Glück und Liebe, das sind Geschenke auf Zeit, man muss sie gut hüten und sie beschützen."

Schon Platon wusste viel über das Glück zu berichten, besonders dieses nachfolgende Zitat gefiel mir immer sehr gut und Geórgios und ich machten es zu unserem Leitspruch:

„Glücklich sind die Menschen,
wenn sie das haben,
was gut für sie ist!"

Platon

Ich musste meinen Geórgios auf Kreta zurücklassen. Er war der einzige Mann in meinem Leben, der mich verlassen hatte. In all den anderen Beziehungen hatte ich mich getrennt, entweder räumlich, gedanklich oder im Herzen.

Meinen Geórgios wollte ich niemals hergeben, aber man hatte es da oben anders bestimmt. Mein Gott hatte mir diese Gnade unserer Liebe nur eine Zeit lang gewährt. Vielleicht war das aber auch unser Glück, denn so wurde unsere Innigkeit im Laufe der Zeit nicht abgedroschen und gleichförmig, so wie es mit vielen Lieben geschieht.

Wir mussten keinen Alltag leben, das war unser Segen, denn die Monotonie frisst alles Schöne auf und tötet jede Liebe!

Mein Glück blieb auf Kreta, aber all die Erinnerungen, die nahm ich mit nach Hause!

Erst als ich mit meiner Tochter wieder in Rosenheim war, gelang es mir, mein Leben besser in den Griff zu bekommen.

Es schien, als ob ich es endlich verstanden hätte, dass das nun mal mein Weg des Lebens war. Und dazu gehörte auch, dass ich akzeptieren musste, dass Geórgios nicht mehr bei mir sein durfte. Dass ich nun meinen neuen Lebensabschnitt ohne ihn beginnen musste.

Aber ich konnte es als eine Gnade ansehen, dass er mir so viel Stärke mitgegeben hatte, dass ich es auch alleine schaffen würde. Alleine ohne ihn leben, alleine ohne ihn am Abend zu Bett zu gehen, alleine ohne ihn am Morgen zu erwachen.

Ja, ich würde es schaffen, denn in meinem Herzen lebte er ja noch und war immer für mich da!

Die besten Dinge sind die schwersten!

Plutarch

Kapitel 22

Jassy brauchte einige Monate, um alles auf Kreta in Geórgios Sinne abzuwickeln. Er war sein Erbverwalter und einer der ehrlichsten Menschen, die ich jemals kennengelernt habe.

Er konnte in der Zeit noch diverse Ausstellungen organisieren, in denen er alle Objekte und Zeichnungen von Geórgios verkaufen konnte, zu wahnsinnigen Preisen! Die Leute rissen sich darum, diese Bilder und Holzskulpturen erwerben zu können. Die Tatsache, dass der Künstler bereits tot war, förderte den Umsatz.

Schmerzlich und wehmutsvoll, aber so ist das Leben!

Ich hatte mir vor dem Verkauf der Objekte nur drei besondere Zeichnungen ausgesucht, mit denen mich so viel verband. Und von einer Skulptur konnte ich mich auch nicht trennen, da ich damals deren Entstehung in der Zeit, als ich bei Geórgios verweilte, miterleben durfte. Vor meinen Augen sehe ich noch heute, wie mein Liebling mit seinen geschickten Händen aus einem Stück Holz „Leben" erschafft hatte, sein Leben!

Der Erlös aller Kunstobjekte ging wie geplant an Kinderheime auf Kreta, Griechenland und München, es war so im Sinne von Geórgios gewesen. Jassy und ich wollten uns nicht an seiner Kunst bereichern. Wir wollten keine

Geschäfte mit und durch Geórgios machen, wir wollten nur die Erinnerung an ihn bewahren.

Auch lehnten wir die Anfrage einer Edition ab, seine Zeichnungen in Form von Drucken zu vermarkten. Das angebotene Honorar war zwar enorm und wir hätten das viele Geld spenden können, aber wir wollten nicht, dass seine Kunst verramscht wird.

Geórgios hatte mir in den vergangenen Jahren immer wieder versichert, dass er erst durch meine Begeisterung und meinen Glauben an ihn, mit seiner Kunst so richtig beglückt und erfüllt sein konnte. Meine Liebe zu diesen Objekten motivierte ihn und gab ihm die Kraft, sich noch mehr zu verbessern, seinen Kunststil zu verfeinern und ausreifen zu lassen. Seine Kreativität war grenzenlos. Oft stand er in der Nacht auf und zauberte eine Skizze auf das Papier. Überall in seiner Wohnung lagen Blöcke herum. Er sah etwas, was ihn inspirierte und schon setzte er diese Idee kreativ um, und später waren diese Inspirationen in seinen Skulpturen oder Zeichnungen wiederzufinden.

Das war wohl sein großes Geheimnis, diese Liebe zu Formen und den Naturmaterialien Holz und Papier, die ihn so geniale Objekte zaubern ließ.

Er war durch und durch ein Ästhet!

Auch wenn er zeichnete, dann nur auf dem besten handgeschöpften edlen Bütten-Papier, das wir immer in

München für ihn besorgt hatten. Ich habe noch heute vor Augen, wie er mit seinen gefühlvollen Händen die Linien auf dem Block zum Leben erwachen ließ.

Auch das ist mir von ihm geblieben!

Alles hatte Stil bei ihm, alles!

Jassy und ich beabsichtigten uns nicht mehr aus den Augen zu verlieren. Wir wollten uns in unserem gemeinsamen Schmerz zur Seite stehen, denn uns verband etwas sehr großes und wertvolles, uns verbanden eine Freundschaft und die innige Liebe zu Geórgios. Nach ein paar Monaten beschlossen wir, gemeinsam in einem großen Bungalow zusammenzuleben. In diesem Objekt hatte jeder seine separaten Räume, jeder hatte sein eigenes Reich.

Die Küche und das große Wohnzimmer benutzen wir gemeinsam. Jassy kochte uns jeden Mittag eine bekömmliche kleine Speise. So lernte ich die köstlichen arabischen Gerichte kennen und daher war ich gerne für den Abwasch zuständig. Die Belastung der Einkäufe übernahm er, da ich mich plagen musste, wenn ich schwere Taschen zu tragen hatte. Und wenn wir gemeinsam in meinem kleinen alten Fiat durch die Gegend tuckerten, da waren wir sicherlich zum Gespött der Menschen geworden, denn der große Jassy und die kleine dicke Inga, die füllten dieses kleine Vehikel total aus. Aber ich wollte keinen anderen Wagen, ich liebte diesen alten, hässlichen grünen Fiat, den ich „Hugo den Frosch" nannte. Im Laufe der Zeit blieb der größere Wagen von Jassy immer in der Garage und wir waren nur noch mit meinem Schlaglochsucher auf Achse. Eines Tages kam Jassy ohne meinen Hugo zurück. Die alte Rostlaube hatte den Geist aufgegeben, aber dafür hatte er mir einen neuen kleinen Fiat geschenkt, schwarz mit einem roten Faltdach, roten Außenspiegeln, roten Sitzen und roten Felgen. Mein Herz schlug höher, als ich das rasante Teil dann endlich vor dem Haus stehen sah.

Das war Jassy, immer für eine Überraschung gut!

Jeden Morgen frühstückten wir gemeinsam, besprachen unseren Alltag und auch unsere Sorgen. Im Winter saßen wir dazu in unserer gemütlichen Wohnküche, vor dem großen Kachelofen und ab dem Frühjahr bis tief in den Herbst hinein, wenn es das Wetter hergab, auf unserer einladenden Terrasse, die in den kleinen Garten überging.

Unser Gärtchen bestand nur aus Blumen und blühenden Sträuchern. Geschmackvolle Kübel und Töpfe zierten die Wege und den Eingang zu unserem Haus. Alles blühte in den schönsten Farben, es war eine Pracht. Besonders schön war es, wenn der rote Mohn und die kleinen blauen Kornblumen uns mit ihrer Schönheit verwöhnten. Es war für mich in all den Jahren ein immer wiederkehrendes Wunder der Natur, die Prachtentfaltung dieser Blumen sehen zu dürfen. Unser Gärtchen war übersät davon. Auch wenn es mir körperlich oft sehr schwerfiel, aber die Pflege des Gartens und der Blumen waren mein Resort. Die mich belastenden schweren körperlichen Arbeiten, wie konnte es anders sein, übernahm Jassy.

Ja - so lebten wir zusammen.

Es war eine schöne Zeit!

Wir führten ein Leben wie ein altes Ehepaar, vertraut, respektvoll und eingespielt. Zwischen uns gab es niemals ein böses Wort oder eine heftige Auseinandersetzung. Unsere Toleranz gegenüber dem Lebenspartner war grenzenlos, voller Anstand und Achtung!

Wir waren dankbar, dass wir uns noch hatten!

Aber wir sind niemals ein Paar geworden!

Jeder lebte in seiner Welt, jeder hatte andere Prioritäten für seine Zufriedenheit und das bisschen Glück, das einem im Alter noch bleibt.

Ich schrieb meine Bücher und er? Wenn ich ehrlich bin, so wusste ich eigentlich nie, was er in seinem Inneren an Schätzen trug. Er vergrub diese tief in seiner Welt, da hatte niemand Zugang, weder Geórgios hatte den, noch ich.

Aber eines hatten wir gemeinsam, Geórgios Kunst und die große Liebe zu ihm. In unserem Haus hatten wir nur ein paar ausgesuchte schöne Stücke von seinen Objekten platziert. Wir wollten unser Heim nicht vollstopfen und überladen.

Ja, wir hatten uns, waren für einander da und stützten uns gegenseitig über so viele Jahre.

Jassy und ich konnten uns nicht mehr überwinden, Kreta zu besuchen. Wir sahen sie nie mehr, die verwinkelten Gässchen von Rethymnon, hörten nie mehr die Glocken des Doms, sahen nie mehr die Festung am Hafen, nie mehr die wunderschönen Strände und die geschichtsträchtigen Kirchen und Klöster.

Dieses Paradies existierte nur noch in unseren Gedanken.

Und es wurde darin von Jahr zu Jahr schöner!

Das war eine große Gnade, die uns beiden gewährt wurde!

So lebten wir gemeinsam in einem schönen Haus, altersgerecht gemacht, mit unseren Erinnerungen an Geórgios, an seine Kunst und mit seinen Objekten.

Und wir waren dankbar!

Jassy war in all den Jahren mein

„Habibi"

das bedeutet in seiner Heimatsprache „Freund"!

Ohne Freunde möchte niemand leben,
auch wenn er alle übrigen
Güter besäße!

Aristoteles

Kapitel 23

Eines Morgens fand ich Jassy tot in seinem Sessel. Er war einem Herzschlag erlegen.

Ein schöner Tod für ihn!

Ein schwerer Schlag für mich!

Mein Freund, mein guter Freund, auch er war gegangen, in einem Alter, in dem andere Menschen noch einmal durchstarten dürfen.

Auch im Tot war er noch ein schöner Mann, mit markanten Gesichtszügen und schlohweißem vollem Bart. In seiner Hand hielt er einen Brief, der an mich adressiert war. Als ich diese schön geschwungenen Zeilen las, brach eine Welt für mich zusammen. Darin gestand Jassy mir seine Liebe, die in den vergangenen gemeinsamen Jahren erblüht war. Aber er hatte eine große Scheu gehabt, sie mir zu gestehen.

Vielleicht war es auch besser so, denn ich glaube, ich hätte mich von ihm zurückgezogen, denn ich gehörte noch immer nur meinem Geórgios. Sicherlich war Jassy das klar und hatte sich daher mit seinen Gefühlen so bedeckt gehalten.

Über so viel Feeling war ich tief gerührt!

Womit hatte ich es verdient, von zwei so wundervollen Menschen geliebt zu werden?

Was ich bis heute allerdings nicht verstehe, ist die Tatsache, wie Jassy diesen Brief, so kurz vor seinem Ableben, an mich schreiben konnte?

Ahnte er etwas?

Selbst wenn er diese Zeilen schon lange vorher verfasst hatte, wie gelang es ihm, diese Botschaft an mich noch vor seinem Dahinscheiden in seine Hände zu nehmen? Denn ein Infarkt kommt plötzlich und unerwartet.

Ich werde es nie erfahren!

Der Abschied vom ihm war furchtbar für mich, Lars und besonders für Angelo. Wieder hatte sich ein geliebter Mensch von uns für immer verabschiedet, wieder Tränen und Trauer.

Wir lebten in den Wochen danach, wie unter einer großen Glocke, wie in einem Vakuum. Wir waren in einem luftleeren Raum, ohne ihn, unseren Freund.

Warum gerade Jassy, er war doch noch jünger als ich?

Ein Vierteljahr später verstarb völlig unerwartet unser Freund Lars. Auch er war einem Herzschlag erlegen und sein Tod traf ihn und uns total unvorbereitet.

Wieder war ein wichtiger und so wertvoller Mensch von uns gegangen. Ich hatte in dieser Zeit das Gefühl,

als ob sich Gevatter Tod vor meiner Haustüre niedergelassen hatte.

Für Angelo war es die Hölle. Sein Larsi, der ihm viele
Jahre lang sein treuester Freund, sein Liebhaber und
auch die Stütze seines Lebens war - er war abgetreten,
abgetreten von der Bühne des Lebens und kam nicht
mehr zu ihm zurück.

Denn der Tod ist so unwiderruflich!

Angelo war komplett aus der Bahn geworfen und als
er am Grab von Lars stand, schüttelte ihn ein ständiger
Weinkrampf.

Ich hatte große Mühe ihn dazu zu bewegen, mit mir
den Friedhof zu verlassen.

Es erging ihm wie mir damals bei Geórgios, auch er
wollte seine große Liebe Lars nicht in diesem Erdloch
zurücklassen.

Auch er wollte ihn für immer festhalten!

Angelo lebte in den nächsten Wochen und Monaten
bei mir. Er war unfähig, den Salon ohne Lars weiterzuführen.

Abends wollte er nicht alleine schlafen gehen, denn er
hatte Angst vor der Finsternis. Aber diesmal erlaubte
ich es ihm nicht, bei mir im Bett zu schlafen. Dazu war
ich mir dann doch schon zu alt. Er wurde in meinem Gäs-

tezimmer einquartiert, das direkt neben meinem Schlaf-
zimmer liegt.

In den Nächten musste ich immer das Licht brennen
lassen, da er die Dunkelheit nicht ertragen konnte. Er
weinte nachts oft so herzerweichend, sodass ich mehrmals zu ihm rüberging, ihn streichelte und versuchte ihn
zu beruhigen. Der arme Kerl hatte in dieser Zeit sogar
vorübergehend an Gewicht verloren.

Nach ein paar Monaten war er endlich wieder in der
Lage, seinen Salon zu öffnen. Die Arbeit tat ihm gut. So
war er wenigstens tagsüber etwas abgelenkt.

Und wie das Leben so spielt, er stellte einen neuen
Geschäftsführer ein und dieser Mann wurde sein neuer
Lebenspartner. In diesem Moment hatte ich unsere Unterhaltung vor Augen, als Lars damals in Rethymnon
beim Frühstück ihm sagte, er wolle nicht, dass er, sein
Angelo, nach seinem Ableben alleine bliebe. Das war
dann auch die Erklärung von Angelo, als er es mir eines
Tages gestand, dass die beiden Männer sich näher gekommen waren. Unter Tränen und total aufgelöst meinte
mein kleiner Liebling, dass sein Larsi immer gesagt hatte, nach seinem Tod soll er, Angelo, nicht alleine leben,
denn er wolle unbedingt, dass er wieder glücklich ist.

Im Nachhinein fand ich es von Lars so einmalig schön
und bewundernswert, dass er seinem Angelo ein neues
Glück gegönnt hatte.

Angelo und ich hatten in den späteren Jahren immer noch Kontakt, aber wir sahen uns nicht mehr so häufig, wie in der Zeit, als Lars noch lebte, denn sein neuer Lebenspartner konnte es nicht so gut mit mir. Besser gesagt, er fand mich abscheulich und sparte daher nicht mit Kritiken an meiner Person. Er meinte, ich wäre eine alte, fette, aufgetakelte, schrille Schrapnelle, die nicht alt werden wollte und von besseren Zeiten träumen würde. Angelo hatte mir diesen Wortlaut in seiner naiven, aber ehrlichen Art empört berichtet.

Na ja, so Unrecht hatte dieser Mann ja nicht!

Vielleicht hatte er wirklich recht, vielleicht konnte und wollte ich nicht alt werden, denn ich trug nach wie vor meine Kleidung in leuchtenden Farben, am liebsten in Rot, und ich kam gar nicht auf die Idee, mich meinem Alter entsprechend dezenter zu kleiden. Noch immer wurschtelte ich mir jeden Morgen ein farbiges Tuch um die Haare, damit ich schneller frisiert war. Denn seit dem ich mich erinnern konnte, hasste ich es unnütze Zeit im Bad zu verbringen, um meine spärliche Haarpracht zu bändigen. Außerdem hatte ich es mir aus Bequemlichkeit zu eigen gemacht, statt der üblichen Kleidungsstücke, mich nur noch in einen schönen Kaftan zu hüllen, der natürlich auch farblich nicht sehr dezent war, sondern meistens knallrot, pink oder knackig bunt, wie in all den Jahren zuvor.

Und wenn ich wirklich mal das Haus verließ, dann trug ich wallende Kleider und Capes, die garantiert nicht in dunklen dezenten Farben gehalten waren. Es war schon etliche Jahre her, dass mich jemand in einem Kleid, einer Hose oder in einem Rock gesehen hat. Nur meine wallenden Fummel waren meine ständigen Begleiter.

Ich kann mir schon sehr gut vorstellen, welchen Eindruck Angelos neuer Lover von mir bekam, als er mich so zum ersten Mal kennenlernte. Aber es war mir egal, was er von mir dachte, denn ich hatte auch keine besonders gute Meinung von ihm. Nach meinem Dafürhalten empfand er für Angelo überhaupt keine echten Gefühle, sondern hatte nur das Bestreben, sich bei meinem kleinen Temperamentsbolzen in das gemachte Nest zu setzen.

Jeder hatte so seine negative Meinung von dem anderen und wie sollten wir uns dann annähern können?

Hier fehlte die Toleranz, die Jassy sicherlich für diesen Mann aufgebracht hätte und mit ihm wäre unser Zusammentreffen garantiert auch nie so eskaliert.

Aber ich konnte mich nicht überwinden, bei diesem Mann Gelassenheit zu praktizieren, da ich wusste, dass er ein falscher Fuffziger war. So war und blieb ich für ihn ein aufgetakelter alter Paradiesvogel und er für mich nur ein berechnender Kotzbrocken.

Aus diesen Gründen hielt ich mich mit gemeinsamen Treffen zurück und wartete darauf, dass Angelo ab und zu mal bei mir vorbeischaute, um mit mir über alte und auch rosarote Zeiten zu plaudern.

Nach wie vor zauberte er mir tolle Frisuren, die ich ein paar Stunden später zu Hause wieder mit meinen bunten Tüchern ramponierte und auch seine geliebte „Foundation" musste ich mir immer noch von ihm ins Gesicht schmieren und mich aufwendig schminken lassen, auch wenn ich es nicht wollte. Wenn ich dann in den Spiegel schaute, dachte ich mir immer geschockt: „Ach Gott, wer ist das denn?", während der Make-up Artist (welch ein schreckliches Wort) erwartungsvoll hinter mir stand und bereit war, meine begeisterten Huldigungen gnädig entgegenzunehmen. Natürlich tat ich ihm diesen Gefallen, auch wenn ich dann zu Hause einen Waschlappen nahm und meine Gesichtszüge von diesem klebrigen Zeug gründlich befreite.

Angelo war auch in den späteren Jahren noch immer ein lebhafter Südländer, aber das unbeschwerte und unbekümmerte, das hatte er durch den Tod seines Larsi verloren. Zwar trug er sein Herz noch immer auf der Zunge, aber er war tatsächlich durch den Verlust von Lars gereift.

Er war erwachsen geworden!

Tief in meinem Innern war ich darüber sehr traurig, dass das Leben es wieder mal geschafft hatte, diesem fröhlichen und liebenswerten Menschen die Persönlichkeit zu rauben und seine Flügel zu stutzen.

Aber der Erfolg in seinem Salon war ungebrochen und die Damen der Gesellschaft kamen weiterhin aus München und Umgebung, um sich von ihm verschönern zu lassen.

Er selbst trug immer noch sein Bäuchlein mit Würde und seinen etwas schrillen Kleidungsstil legte er zum Glück nie ab, auch wenn sein neuer Partner sich etwas mehr Schlichtheit an ihm gewünscht hätte.

Mir drängte sich immer das Gefühl auf, dass Angelo diesen Mitgiftjäger nur als Mann gewählt hatte, da er nicht alleine leben konnte, denn so eine verschmolzene Einheit, wie er und Lars es waren, das wurden diese beiden nie. Vielleicht wäre das aber auch von diesem neuen Partner etwas zu viel verlangt, erfolgreich in die Fußstapfen seines großen Vorgängers zu treten.

So war es mit der Zeit zerbrochen, unser fünfblättriges Kleeblatt der vergangenen Jahre!

Der Tod und das Leben hatten uns getrennt!

Es würde nie mehr so sein, wie es mal war!

Niemals!

Angelo blieb die einzige Verbindung zu meiner glücklichen Vergangenheit. Auch wenn wir uns nicht mehr so oft sahen, blieben wir treue Freunde. Wir hatten unsere

Herzen aneinander verloren und das änderte sich nie mehr.

Erneut begann ein neuer Abschnitt in meinem Leben. Gewaltsam musste ich mir einen neuen Tagesablauf planen, auch wenn es mir schwerfiel. Schon früh setzte ich mich an meinen Schreibtisch und jeden Morgen freute ich mich erneut über das kleine Bild, das schön gerahmt darauf stand. Es war die Zeichnung, die Geórgios mir während meines ersten Besuches in seiner Galerie geschenkt hatte.

Sie war ein Stück von ihm!

Das Frühstück zelebrierte ich noch so, als ob Jassy mit mir am Tisch sitzen würde. Ich legte noch immer ein Gedeck mit für ihn auf. Mittags kochte ich mir eine Kleinigkeit und an den Abenden gab es nichts, was meinem Übergewicht auch ganz guttat.

Mit dem Verfassen meiner Romane und Kurzgeschichten hatte ich die große Hoffnung, auf andere Gedanken zu kommen. Das Schreiben war für mich schon immer wichtig, aber nun umso mehr. Vielleicht lebte ich durch meine Romane in einer Welt, die es für mich erträglicher werden ließ, fast am Ende meines Lebens, aber ohne meine große Liebe und meine guten Freunde angekommen zu sein.

Zum Glück hatte ich noch meine Tochter und ihre kleine Familie mit den vielen Hunden, die mich oft besuchten. Dann war endlich wieder Leben in der Bude und die verschmusten und anhänglichen Vierbeiner ließen mich meinen Weltschmerz vergessen, wenigstens für eine gewisse Zeit. An den Abenden war dann auf meiner Couch und später in meinem Bett Hochbetrieb, da die Kerlchen unbedingt alle in meinen Armen und auf meinem Bauch schlafen wollten. So war mein üppiger Umfang doch zu etwas gut, denn die Kleinen liebten es, sich in meinen Speck zu kuscheln.

Es war für mich immer ein sehr schönes und wohliges Gefühl, wieder ein Lebewesen im Arm zu halten und deren regelmäßigen Atemzüge zu lauschen, auch wenn es nicht mein Geórgios war.

In diesen schönen Momenten ging mir so vieles durch den Kopf. Ich sah mich glücklich im Arm meines Liebsten liegen, wenn wir am Strand den Wellen zuschauten. Oder ich hörte mich, dass ich Geórgios wieder einen Teil meines aktuellen Romans vorlas oder er mir seine neusten Entwürfe zeigte.

Bei dieser Gelegenheit möchte ich meinen Leserinnen und Lesern gestehen, dass ich noch heute, nach so vielen Jahren, meinem Geórgios immer meine neuesten Kapitel vorlese.

Erst dann kann ich mich mit dem Inhalt identifizieren.

Auch bei diesem Roman war es so. Er war in diesen vergangenen Wochen und Monaten immer an meiner Seite und lauschte aufmerksam meinen Worten. Wenn ich dann zu dem bequemen Sessel rüber schaute, sah ich ihn sitzen, mit seinen roten Schuhen, seiner alten Jeans, seinem übergroßen weißen Hemd, den Powerlocken und mit der Lesebrille auf der Nase. Ich liebte es so, wenn er dann über diese Brille schaute und mir einen imaginären Kuss schickte.

Und das aller schönste an meinen Fantasiegebilden war, dass der nagende Zahn der Zeit der vergangenen Jahre an ihm vorübergegangen war, denn er war in meinen Erinnerungen nicht gealtert.

Ich leider schon!

Wenn meine Tochter mit den Hunden dann abgereist war, wurde es unerträglich still in dem Haus. Dann kramte ich wieder aus meiner alten Schallplattensammlung (ja, ich hatte so etwas noch) alle Langspielplatten der Beatles und den Stones hervor, legte bedächtig den Tonarm auf die gut erhaltenen Platten und lauschte der Musik – mal dezent, mal rockig, mal lyrisch, mal laut. Ich dudelte diese immer noch wunderschöne Musik bis zur Vergasung, immer und immer wieder, nur, damit ich nicht gezwungen war, die grausame Stille um mich herum wahrzunehmen.

Ebenso mussten die CDs von Grönemeyer herhalten, denn keiner konnte so ergreifend seinen Weltschmerz hinauszuposaunen, wie der gute alte Gröni.

Seine Lieder „Halt mich" und „Ich hab Dich lieb" waren für mich noch einigermaßen erträglich und ich konnte noch mitsingen, aber jedes Mal, wenn ich dann von dem Song „Du fehlst" die ersten Zeilen des Liedes vernahm, da war es mit meiner Beherrschung vorbei. Wenn er mit seiner von mir so geliebten, gequälten und geknödelten Stimmte sang, dann war „Land unter".

Schon bei den ersten Takten der Musik und den ersten Worten von Herbi war mein Schmerz fast unerträglich, da ich wusste, dass er mit diesem Lied den Tod seiner Frau und seines Bruders versuchte zu verarbeiten. Ich konnte ihn so gut verstehen, ich fühlte jedes Wort dieses Textes ebenso wie er.

> Momentan ist richtig,
> momentan ist gut
> nichts ist wirklich wichtig
> nach der Ebbe kommt die Flut
>
> am Strand des Lebens
> ohne Grund, ohne Verstand
> ist nichts vergebens
> ich bau die Träume auf den Sand
>
> und es ist, es ist ok
> alles auf dem Weg,
> und es ist Sonnenzeit
> unbeschwert und frei

und der Mensch heißt Mensch
weil er vergisst,
weil er verdrängt
und weil er schwärmt und stahlt
weil er wärmt, wenn er erzählt

und weil er lacht,
weil er lebt
du fehlst!

Ich flennte Gott erbärmlich und im Hintergrund träl-
lerte der gute Herbi mit weinerlicher Stimme unermüdlich dieses Lied für mich.

So versuchte ich den Rest meines Lebens zu leben,
mit meiner Einsamkeit, aber auch mit meinen Erinnerungen an Geórgios und meine Freunde. Und ich möchte unbedingt meine Leserinnen und Leser wissen lassen, dass
mein Angelo und ich uns noch immer treu verbunden
sind. Unsere Herzen bleiben, trotz seines abstoßenden
Partners, stark vereint.

Im Laufe der Zeit hatte sich durch die tragischen
Todesfälle von so wichtigen Menschen für uns viel verändert, aber eines war geblieben, denn mein Angelo
nannte mich auch heute noch, nach all den vielen, vielen

Jahren „seine Chipsy". Ich glaube er weiß bis heute nicht, dass ich Inga heiße.

Das war mein Angelo!

So liebte ich ihn!

Natürlich anders als meinen Geórgios, aber im Nachhinein darf ich rückblickend sagen, dass Angelo mein allerbester Freund war.

Und nun, am Ende meines Romans, darf ich erkennen, dass ich, wenn auch nur gedanklich, mit Geórgios und auch meinen verstorbenen Freunden Jassy und Lars und natürlich mit meinem Angelo noch immer glücklich bin, wenn auch auf eine ganz besondere Art und Weise.

Voller Innigkeit denke ich an Geórgios, meine späte Liebe und ich höre ihn, wie er mir täglich in mein Ohr flüstert:

Σ 'αγαπώ

S 'agapó

**Endlich habe ich meine Mitte
wieder gefunden,
zwar mit vielen Umwegen,
aber immerhin!**

Ich bin angekommen!

Schlussgedanken

Was wäre wenn.....?

Wenn ich auf mein vergangenes Leben zurückblicke, dann frage ich mich oft, was würde ich heute anders machen, heute wo ich vermutlich reifer geworden bin.

Und hoffentlich mündiger und gütiger.

Tja, was würde ich verändern wollen in meinem Leben?

Ich glaube, für mein Seelenheil wäre es wichtig gewesen, mich früher darum zu kümmern, was mir als Mensch und Frau wichtig war, um so selbstbewusster bereits in jüngeren Jahren leben zu können.

Liebevoller mit mir umzugehen.

Ich mir mehr wert zu sein.

Und vor allen Dingen niemand anderen für mein Glück oder meinen Schmerz verantwortlich zu machen.

Nur aus meiner Stärke heraus zu leben, ohne einen Mann, der nicht in der Lage ist, mit mir diesen gemeinsamen Weg zu gehen.

Kein Abhängigkeitsverhältnis in Partnerschaften.

Mehr und intensiver Dinge hinterfragen.

Mehr Selbstvertrauen aufbauen, früher und stärker, als ich es gelebt habe.

Mehr Toleranz für Menschen haben, die nicht so denken, wie ich es für richtig erachte.

Mehr Geduld.

Mehr Einfühlungsvermögen.

Mehr Gelassenheit.

Mehr Engagement in der Natur.

Mehr Initiative im Tierschutz.

Kritischer die Politik zu hinterfragen.

Etwas dazu beizutragen, das Elend dieser Welt wenigstens ein kleines bisschen zu lindern.

Und was würde ich mir für die knapp bemessene Zeit meines Lebens noch wünschen?

Dass ich noch mit viel Intensität die letzten Jahre meines Lebens bewältigen kann.

Dass bitte mein Kopf klar bleibt, auch wenn meine morschen Kochen mich ständig an mein Alter erinnern werden.

Dass meine Tochter auch in Zukunft einen guten Weg beschreitet, dass sie die Folgen ihrer Krankheiten psychisch und physisch weiterhin so gut bewältigen kann, so wie bisher.

Dass unsere momentane leider sehr oft oberflächliche Gesellschaft meiner Generation der Wegbereiter sein wird, für eine junge Generation, die heranwächst mit Verantwortung für die Umwelt, für die Artenvielfalt; Nachhaltigkeit und, dass sie uns Alten voller Scham erfahren lässt, dass wir gesündigt haben, an dem, was wir diesen Kindern hinterlassen haben.

Und vor allen Dingen wünsche ich mir, dass ich die Vergangenheit etwas zurückdrehen könnte.

Dann würde ich mich bemühen, Geórgios in seinen schwersten Stunden mehr Halt und Geborgenheit geben zu können. Obwohl ich denke, dass er es nicht so sah, auch wenn ich es voller Kritik an meiner Person heute tue.

Und dann möchte ich einige Zeitabschnitte während meiner Ehe korrigieren, dann wäre ich heute zufriedener, da ich meinem Mann während seiner Krankheit sicherlich eine geduldigere Stütze hätte sein können, trotz all seiner Verletzungen und Demütigungen, die er mir zugefügt hatte.

Denn mit meinem aktuellen Wissen ist mir mittlerweile klargeworden, dass auch er nicht anders handeln konnte.

Dass auch er ein Opfer seiner Erlebnisse und Traumata war und, dass auch er Glaubenssätze in sich manifestiert hatte, denen er nicht entfliehen konnte.

Ich möchte ihm gerne sagen, dass ich das eine oder andere heftige Wort gegen ihn zurücknehmen und meine damaligen, teilweise hässlichen Gedanken auslöschen möchte.

Auch wenn ich jetzt eine große Traurigkeit empfinde, dieser Wunsch wird sich nicht mehr erfüllen!

Jammerschade!

Zur rechten Zeit zu schweigen,
ist ein Zeichen von Weisheit
und besser als alles reden!

Noch nie hat es einen
gereut zu schweigen,
wohl aber viel geredet zu haben!

Das Verschwiegene kann man immer
noch ausplaudern!

**Es ist aber unmöglich,
das Gesagte wieder
zurückzunehmen!**

Plutach

Epilog

Als ich meine Geschichte aufschrieb, wählte ich bewusst die Zitate der alten Philosophen, denn sie gehörten zu Geórgios und Jassy, wie ein griechisches Essen und ein guter Wein.

Wir drei kamen in all den Jahren zu der Erkenntnis, dass in den Aphorismen dieser alten Weisen so lebenskluge und kundige Antworten auf grundlegende Fragen über die Welt und die Menschheit zu finden sind.

Wir waren immer der Meinung, dass diese Leitsätze von damals schon ebenso so weise und auch philosophisch waren, wie viele Damen und Herren der modernen Coaching Szene es sich heute zuschreiben.

Diese Grundweisheiten der alten Griechen habe ich für die letzten Jahre meines Lebens zu meiner Lebensphilosophie gemacht!

Ich widme dieses Buch
meiner Tochter
und ihren Hunden,
die mir so viel Liebe
und Zuneigung schenken!

Erlösung kommt von innen,
nicht von außen,
und wird erworben nur
und nicht geschenkt!

Sie ist die Kraft des Inneren,
die von draußen rückstrahlend
deine Schicksalsströme lenkt!

Was fürchtest du?
Es kann dir nur begegnen,
was dir gemäß und was dir dienlich ist!

Ich weiß den Tag,
da du dein Leid wirst segnen,
das dich gelehrt,
zu werden, was du bist!

Ephides

Auf konstruktive Kritiken und
Anregungen meiner Leserinnen und Leser
zu meinem Roman
„Mohn an meinen Wegen"
freue ich mich!

Meine E-Mail Adresse:

ingaanderson22013@gmail.com

Quellennachweis:

„Meine Seele hat es eilig"

Ricardo Gondim, wird auch oft
Mario de Andrade zugeordnet

+++++++

„Somewhere Over
The Rainbow"

Israel Kamakawiwo'ol

Text: Yip Harburg

Musik: Harold Arlen

+++++++

„Du fehlst"

Text und Musik: Herbert Grönemeyer

Ja ... ich habe es eilig
um mit der Intensität zu leben,
die nur die Reife geben kann.

Ricardo Gondim/ Mario de Andrade

Zeitfracht Medien GmbH
Ferdinand-Jühlke-Straße 7
99095 Erfurt, Deutschland
produktsicherheit@kolibri360.de